平兵士は過去を夢見る 3
HIRA-HEISHI WA
KAKO WO YUMEMIRU
丘野優
Yu Okano

登場人物紹介
ユスタ
巨大な狼のような魔物、クリスタルウルフの一体。ジョンが生まれ育ったタロス村近くの森に棲む。
ファレーナ
闇の気配を漂わせた、人ならざる美少女。前世からの因縁でジョンに力を貸す。
ケルケイロ・マルキオーニ・フィニクス
公爵家の長男。前世ではジョンの親友で、魔族に殺された。
ジョン・セリアス
本作の主人公。勇者が魔王を討伐した直後に死亡、なぜか赤ん坊から人生をやり直すことに。

カレン
テッド
ノール
トリス
フィー
魔法学院同級生
ジョンの同級生たち。カレンとテッドは
タロス村出身の幼馴染でもある。
エリス・シュルプリーズ
剣姫エリスの異名をもつ、
魔の森の砦の剣士。
クリスティアナ・マルキレギナ・
フィニクス
ケルケイロの妹。お転婆で働き者。

第1話　失われたものにまつわる夢

俺、ジョン・セリアスの所属する王国軍は、魔族の本拠地を目指して街道をひたすら西に進んでいた。

道を共にする兵士たちは皆、表情が暗く、限界に達しているようだった。

王都が魔族によって陥落し、やむなく遷都《せんと》をしてから、それほど日は経っていない。

それにもかかわらず、王国は魔族へ反撃するために軍を新たに編成し、魔の森を越えた先にある魔族の本拠地へと送り込んだ。

王都の奪還も喫緊《きっきん》の課題だったが、そちらは騎士団が中心となって取り組んでいる。

俺の所属する王国軍は、魔族へ反撃し、壊滅させるのが目的だ。

けれど、きっとこの遠征は失敗するだろうと強く予感しているからか、王国軍には絶望感が漂っているように思えた。

しかし、他に取るべき手段はなかっただろう。

我が国に限らず、他の国々においても政治体制の崩壊、戦力の減少は明らかで、このまま何もしなければ人類は緩やかに衰退し、歴史の波間に消えていくだろうことは想像に難《かた》くない。

だとすれば、たとえ滅亡が避けられないとしても、出来るだけ早い時期に戦力をつぎ込めるだけつぎ込み、魔族に渾身《こんしん》の一撃を加えて人類の意地を見せてやるべきだ——そう考えることは、むしろ勇ましく、潔《いさぎよ》い選択なのではないだろうか、という気さえしてくる。

とはいえ、新王都の貴族たちが精鋭の騎士団を自分たちの手元に残しておくあたり、前線に派遣した俺たちを使い捨ての駒か何かだと思っているような節もある。実際、そうなのだろう。

騎士団の者とは異なり、王国軍は個々人の技量が総じて低く、同程度の兵士などいくらでも代わりがきく。

だから、俺たちが魔族に突っ込んで大敗北を喫し、全滅に近い被害が出たとしても、それで人類の滅亡への道が一気に加速する、ということはない。

もっとも、貴族たちだって、徒《いたず》らに兵士を減らしたいなどとは思っていないはずだ。これしか手段がない、ということなのだろう。

だから、俺たちは死ぬ気で戦わなければならない。

それが、俺たちの人類に対しての責任なのだから。

けれど、そんな風に無理矢理理屈をつけて自分を鼓舞《こぶ》しようとしても、そう簡単にはいかない。

指揮系統は混乱し、物資も不足している。こんな状態では勝ち目はないだろう、と誰もが分かっているのに、どうにもならない。

やるせない気持ちになりながら、俺たちはそれでもなけなしの根性を奮い立たせて、前に進む――そうしなければ、戦場で心が完全に折れてしまうことを知っているから。

数日前に、重傷の伝令兵が馬からずり落ちそうになりながらも、戦線後方の砦にいる俺たちに伝えてくれた情報が脳裏を過《よぎ》る。

『魔の森の砦は、陥落した。

敵、魔族は魔の森の砦を破壊しつくした後、本拠地へと帰っていった。

その理由は分からないが、注意されたし』

信じられない情報だった。

そしてそれが事実であるなら、我が国は、そして人類は、相当追い詰められているといっていいだろう。

魔の森の砦には、騎士団や軍の精鋭が配置され、あの闇の森の浸食から王国を守っていた。

一騎当千《いっきとうせん》の猛者《もさ》が何人もいて、難攻不落としかいえないような砦。

それが魔の森の砦だったはずなのだ。

それなのに、誰が、どうやって、その砦を落としたというのか。

伝令兵から情報を聞いたとき、その場にいた誰もが思い浮かべた疑問だった。

ただ、俺の考えていたことは、みんなとは少しだけ違っていた。

なぜ、あの砦が落ちたのだ。

あの砦には父がいたのに。

忘れることのできない、衝撃。

そして、この目で確かめるまでは絶対に信じないと誓った。

その話を聞いたときには、すでに国王軍が編成され、魔の森を抜けて魔族の本拠地に向かうことも決まっていた。

つまり、俺が魔の森の砦の状況を誰よりも先に確認できることは確定していたのだ。

もう少しで辿《たど》り着くその場所が情報通りの状態でないことを祈りながら、俺は最後の丘を登る。

そして——砦があったはずのその場所には、粉々になった石だけが無造作に転がっていた。

◆◇◆◇◆

「……ジョン。おい、ジョン！」

振り返ると、そこには見慣れた金髪の美男子、ケルケイロが立っていた。

心配そうな表情で俺の顔を見つめている。

ケルケイロは俺の肩に手を置いて、何を言うべきか少し迷ったような様子を見せた後、口を開いた。

「そうだ……ジョン。砦は確かに、壊れたかもしれない。けれど、お前の親父さんは強い人だ、そうだろ⁉」

「……何が言いたいんだ？」

「まだ生存者がいるかもしれないってことだよ、馬鹿野郎！　捜すぞ！　まだ終わってない！　何も！」

活を入れるようにそう怒鳴られて、俺はハッとした。

そうだ、まだ終わってない。

親父はそう簡単に死にやしない。

魔の森の砦にいた兵士たちだって、みんな強い人たちなんだ。

だから、どこかに身を潜めていて、魔族への反撃の機会を窺《うかが》っているだけかもしれない。

まだ諦めてはならない……

ケルケイロの言葉で再び胸に火が灯った俺は、それからの行軍にも自然と力が入った。

小高い丘の上からは崩壊した砦の様子が良く見えたが、もう少し歩かなければ現地までは辿《たど》り着かない。

「……よし、ケルケイロ。もう少しだ。頑張ろうぜ」

頷いたケルケイロは、俺の言葉に力が籠り始めたことに気づき、にやりと笑って俺の肩を叩く。

「おう。それでこそ、俺の親友であり、アレンさんの息子だぜ！　いくぞ、ジョン！」

そうして、俺たちは砦に辿《たど》り着いたのだった。

◆◇◆◇◆

遠くから見ただけで完全に崩壊したと分かる砦は、近くで見ると、当然ながら更にその惨状がよく分かった。

しっかりと組まれていたはずの石組みは粉々に砕かれて地面に散乱しており、赤黒くなった血液が地面や岩のあちこちに付着している。

魔の森の砦に詰めていた兵士や使用人の死体も多数転がっていて、魔物に食われたのか、身体の一部が巨大な獣に食いちぎられたようになっているものもある。

「……後で、埋葬《まいそう》してやらなきゃな」

歩きながら俺はそう呟いた。

「国を命がけで守った勇士たちだ。せめて、それくらいはやってやらないとならねぇよ……」

ケルケイロは頷き、静かな声で肯定した。

もともと、俺たちは魔の森の砦で数日過ごしてから、魔の森の中に進軍していく予定だった。

想定していた砦での滞在時間を考えれば、彼らを埋葬《まいそう》する時間くらいは確保できるだろう。

それに、散乱している物の中には、貴重なミスリルで作られた防具をはじめとして、未だ使える武具や、未使用の薬品類など、様々な物資がある。

物に溢れていたかつての時代ならともかく、王都を奪われてから物資は不足していくばかりだった。

物流システムがほとんど崩壊してしまっているのが一番の要因だが、そもそも生産地自体が魔族に襲撃されて機能不全に陥っている、ということもある。

魔族に奪われた地を奪い返そうにも、戦力が足りずにどんどん魔族に押されて、また重要な拠点を奪われ――と、その繰り返しなのだ。

ジリ貧、という言葉をこれほど強く感じたことは、かつてなかった。

これから、俺たち人類はどうなっていくのだろう。

逆転の芽は、あるのだろうか。

それとも、俺は――俺たちは、このまま魔族の力に押されて絶滅していく運命なのだろうか。

誰かに、教えてもらいたい。

それを知っている者がいるのなら、どうか教えてくれと、そう思った。

けれど、当然だが言葉など返ってくるはずがない。

信じるべき神など、いないのだ。

何に祈っても、誰かが俺たちに応えてくれることなどないのだ……

「何難しい顔をしてるんだよ」

ケルケイロが瓦礫《がれき》の上を歩きながらそう言った。それから近くの岩に腰かけて、手招きする。

国軍の兵士たちは瓦礫《がれき》の中を歩き、使えそうな物を拾ったり、生き残りがいないか探したりしている。

俺もケルケイロと組んで等距離を保ちつつ、みんなと同じ作業をしていた。

しかし、流石《さすが》にずっと中腰でそんなことをし続けていれば疲れる。

ケルケイロもそろそろ限界に達して、休みたくなったようだ。

俺もケルケイロが腰かけた岩の対面に座り、少しばかり休むことにする。

「俺たちは……このまま終わっちまうのかと思ったんだよ」

「俺たちって……人類がってことか」

「あぁ」

頷いた俺に、ケルケイロは少し考えてから言う。

「どうなんだろうな……小さなころから、『いつも神様は見ておられる。人が信仰の心を忘れない限り、必ずや救いの光はもたらされるであろう。たとえ、それが終焉《しゅうえん》間近であっても』……なんて説教を教会で聞き続けた俺としては、大丈夫だと神に誓って宣言するのが正しいんだろうが……」

「へぇ……お前、信仰心なんてあったんだな」

そんなものは欠片《かけら》も持ってなさそうな性格をしている男である。

ケルケイロの口から出る台詞としてはあまりにも意外なので、俺の口調は少し茶化すようなものになった。

そのことを察したケルケイロは、真剣な表情で続ける。

「おいおい、真面目な話だぜ。ま……別に俺だって、神様に祈ってりゃ全部大丈夫だ、なんて無責任なことは思ってねぇよ。そんなこと言う奴は、教会の司祭だけで十分だ。ただ……俺はさ、そうやって希望を持ち続けるっていうことは、大事だと思うんだ。いつだって、なんとかなる、なんとかする、って思ってないとさ……初めからどうせダメだと思ってたら、なんとかなるものもダメになっちまうだろう？」

「言いたいことは分かるけどな……」

「ま、つまり、そう思うための後押しとして、何かが必要で何かに縋《すが》りたいっていうときに、神様に頼るのはそんなに悪いことじゃないと思うぜ」

ケルケイロの信仰とは、そういうものなのだろう。

ここ最近、軍の中で司祭や司教の数が増えてきている。

それは、回復・浄化魔法を扱えるのが彼等しかいないためであるが、手持無沙汰《てもちぶさた》なときや時間が空いたときに、司祭たちから説教や告解を受けている兵士も多くなってきた。

なぜだろうか、と思っていたが、それはつまりケルケイロの言うように、最後の拠り所としての神を必要とする者が増えたからかもしれない。

平和な時代には滅多に肌に感じなかった死の気配が、ここのところ特に濃密に漂っているように思うときがある。

それは夜、眠りに落ちるその瞬間だったり、特に何の変哲もない昼下がりの行軍中、完全な無音になった一瞬のことだったりする。

ふと、思うのだ。

あぁ、近々、誰かが死ぬなと。

気のせいかもしれないし、ただの考え過ぎなのかもしれない。

けれど、魔族の脅威が昔よりも遥かに増した現在において、そう思った次の瞬間に、自分の隣に立っていた者が一瞬で命を散らすということは、決して珍しくないのだ。

そして、一度でもそれを経験した者は不安から逃れられなくなっていく。

死の息吹《いぶき》が自分にかかる瞬間を恐れ、前線に立てないどころか、武器に触れることすら出来なくなる者もいるくらいだ。

俺もまた、いつ自分がそうなってしまうのか分からない。

こいつは大丈夫だと信じていた、そして本人も絶対に大丈夫と言っていた同僚が、何人も恐怖に負けて戦意を失っていったのを見ている。

彼らの中には軍に戻って来られた者もいたが、二度と武器を握れなくなり、後方で支援業務をこなすことしかできなくなった者も少なくない。

「……俺も、何か信じてみるかな」

ふと、不安になってそう言うと、ケルケイロは笑って言った。

「そんな風に言えるうちは、信じなくてもいいだろう。もしお前が何かに頼らずにはいられなくなったら……」

「なったら？」

「まず、俺を頼ることだな。親友」

そう言って笑い、拳を差し出してきた。

俺はその仕草に引きつっていた表情が解けていくのを感じ、自然と笑って、ケルケイロの拳に自分の拳を合わせて言った。

「あぁ……そうだな。きっとそうしよう。だから親友」

「ん？」

「絶対に死ぬなよ」

そう言った俺の言葉に、ケルケイロは爆笑した。

「当たり前だ。俺を誰だと思ってるんだよ。危なくなったら誰よりも先に最後方に下げられる、公爵家子息様だぞ？」

貴族の身分など好きじゃない癖に、そんなことを言って俺を笑わせてくれるケルケイロ。

あぁ、俺はいい友達を持った。

こいつは決して失いたくないと強く思い、改めてこの巡り合わせに感謝したのだった。

第2話　襲撃

——がたん、ごとん。

馬車の揺れによって、微睡《まどろみ》の中から無理矢理引きあげられる。

また、前世の夢を見ていた。

苦しみと絶望が交互に巡っていた、あの時代の夢を。

今世では、絶対に現実にしてはならない……夢。

「……お、ジョン、起きたか？　そろそろ目的地に着くみたいだぜ。見てみろよ」

そんな俺の気分とは正反対な、明るく希望に満ちた声が聞こえた。魔法学院の同級生ノールだ。

言われた通り、俺は馬車の窓から顔を出して外を見てみた。

馬車の進行方向には、一体どこまで続いているのだろうかと疑問に感じてしまうほど長大な石壁が、遥か遠くまで延びているのが見える。

何のためにあの壁があるのかといえば、それは魔物の襲撃から王国を守るために他ならない。

石壁の起点には俺たちの目的地である堅固な砦——魔の森の砦が鎮座している。それは、まるで国を守るために石壁の羽を広げているようにも見えた。

魔法学院に入って、三年が経過していた。

俺はあれから成長し、体も少し大きくなった。

俺はまだ十歳に過ぎないが、同級生のテッドは十四歳で、もう大人といってもいいだろう。

魔法学院の卒業には、まだあと二年ほどある。

それなのにどうして俺たちがこんなところ――魔の森の砦を目指しているかといえば、それは魔法学院のカリキュラムのためであった。

魔法学院は言わずと知れた魔術師養成学校である。

魔術師は貴重であり軍事的有用性が高いため、魔法学院の卒業生は国の機関に所属することが前提となっている。つまり、職業の自由が大幅に制限されているのだが、その代わりに国は卒業後の就職に大きな便宜を図っているのである。

魔法学院を卒業すれば基本的にエリートとして扱われる。軍や騎士団所属の場合は士官ないし幹部候補生として、宮廷付きの場合は高位官僚としての道がほぼ約束されているのだ。

そのため魔法学院のカリキュラムでは、三年生から毎年、騎士団や軍で一定期間の実地研修を積むことが課せられている。

研修場所には多くの選択肢が設けられており、大抵は本人の希望が通るようになっているので、魔法学院生はこの実地研修を楽しみにしている、というわけだ。

俺は初め、どこにするか非常に迷ったが、ふとファレーナとの契約を思い出し、魔の森に行くのが一番いいのではないかと思った。

契約の大まかな内容は、あいつに魂を食わせてやる代わりに、彼女の力を貸してもらうというもの。

ファレーナは魂を糧として存在を維持している。彼女は契約したときに俺の魂を半分食ったが、それでは足りず、竜の魂が必要だと言った。それがなければ、自分を維持できなくなる、と。

今の俺に竜を狩れるのかは疑問だが、魔の森であれば竜と遭遇することはできるだろう。そして、魔の森の砦で竜を倒すための手がかりを得られるかもしれない。

実地研修の場所は個人個人で好きに決めて良いので、俺は誰も誘わず一人で行くつもりだった。けれど、俺の行き先を聞いたノール、それにフィーとトリス、さらにはカレンに、テッド、フィル、オーツ、ヘイス、コウと、同級生の知り合い全員が、魔の森の砦を研修場所に決めてしまった。

そして今、参加者十人は二台の馬車に分かれて乗り、魔の森の砦を目指しているところだ。

四年生、五年生でも実地研修は行うので、本当に自分の就職したい場所に行くチャンスはあと二回ある。だからまぁ、一年くらいはバカンス気分で好きなところに行くというのもありだ。

もちろん、研修なのだから、本当にバカンス気分でだらける、というわけにはいかないが。

魔の森の砦は例年希望者がほぼゼロだったらしいので、砦の責任者から驚きの声が上がった、と魔法学院学院長のナコルルから聞いた。

俺の父アレン・セリアスは魔の森の砦に勤めているため、砦の責任者は研修希望者「ジョン・セリアス」の名前を聞いて納得したらしい。

最後には歓迎するとまで言ってくれたので、俺は問題なく魔の森の砦で研修が出来ることになった、というわけだ。


「別に、お前らまで来なくても良かったのに」

俺が同じ馬車のノールとトリス、フィーにそう言うと、まずノールが口を開いた。

「最初の研修くらい仲のいい奴と一緒に行きたいじゃないか。それに一回、軍の砦は覗《のぞ》いてみたかったしな。騎士団と比べたいから、いずれ行くつもりではいたんだ」

「私も最初は仲のいい人と行くというのは賛成ね。それに私、魔の森に興味があったのよ……危険地帯だから、国の許可がなければ近づくことも出来ないし」

植物や水に宿る精霊との高い交感能力をもつ黒貴種《ダークエルフ》らしいトリスの台詞に、俺は納得して頷く。

「ぼくは鍛冶師と錬金術師に会いたいなって。特に魔の森の砦には、いい鍛冶師がいるって聞くし。やっぱりミスリルなんかは腕がないと難しいからねー」

最後にそう言ったのは、匠種《ドワーフ》の僕っ娘《こ》フィー。

意外にも、今回の研修を魔の森の砦にした理由はそれぞれにしっかりあるようで、安心する。

俺と同じタロス村出身のテッドたちは、もともと魔の森の砦に行ってみたいと話していた。

彼らには、俺の親父が魔の森の砦の話を色々していたし、興味が生まれるのも当然だろう。

そういうわけで、今回ここに来たのは、本当に魔の森の砦に興味がある面々なのだ。

流石《さすが》に将来のために必要な研修を、友達と一緒に行きたいから、というだけでは決めないか。

そんなことを考えながら、俺は改めて馬車の窓から首を出して砦の様子を見る。

すると突然、地面が大きく揺れた。

馬車が即座に停止すると同時に、轟音《ごうおん》が鳴り響く。

何が起こったのかと、俺は窓から首を出したまま周囲の様子を確認する。

すると、魔の森の砦の両端から延びている石壁の一部が崩れ、もくもくと土ぼこりを上げているのが見えた。

「壁が壊れている……？」

「本当か!?　おい、ちょっと見せてくれ！」

そう言ってノールも後ろから身を乗り出し、俺が指し示す場所を見た。

彼は驚いて声を上げる。

「おいおい、マジじゃねぇか！　ありゃやばいんじゃゃ……魔の森の砦の石壁が壊れたってことは、壊した奴が向こう側にいるってことだろ……？」

「ま、十中八、九そうだろうな」

ノールの予想は、おそらく当たっている。石壁は魔の森の魔物に破壊されて崩れたのだろう。

そしてしばらくすると、がらがらと崩れる壁の中から、とてつもない大きさの黒山羊が姿を現し、蹄《ひづめ》を鳴らしながらこちらを一瞬見た。

「……やばいぞ、あいつ狂山羊《インサニアム・カペル》だ！　あんなに大きいの初めて見た……こっちに向かってくる！」

狂山羊《インサニアム・カペル》は魔物の中でも強力な部類である。

魔法を扱い、狡猾《こうかつ》で賢いという点も厄介だが、それ以上に強烈な突進攻撃が脅威で、突撃山羊《カルガ・カペル》の異名を持つ。

体長は普通は三メルテ前後であり、今、石壁辺りに現れた奴ほど大きいものは滅多にいない。

「確かあの石壁って、十メルテ前後だったよな……？」

ノールが俺にそう尋ねる。

「あぁ、そんなもんだな。つまりあの狂山羊《インサニアム・カペル》の大きさは、十メルテ近いってことになるだろう……」

「おいおい、嘘だろ!?」

「だから、あの森は魔の森って呼ばれてるんだ」

そう、魔の森の恐ろしいところは、そこにいる魔物が通常よりも遥かに強力なものへと育ってしまうところにある。

本来ならさほど脅威にならない魔物も、あの森に棲んでいるものとなると話が変わる。

それは、あの狂山羊《インサニアム・カペル》だけを見ても明らかだ。

「あれがこっちに突進して来たら……どうなると思う？」

恐る恐る聞いてくるトリスに、俺は至って冷静に答える。

「まぁ、馬車は大破だろうな……ってわけで、とにかく奴を止めないといけないだろう。出るぞ」

「えぇ!?　ほんとに!?」

フィーがそんなことを呟きながらも、既に愛用の大斧を持って準備している辺り、やる気は十分ということだろう。血の気の多さは出会ったときからずっと変わっていない。

トリスとノールもすぐに準備を終え、俺たちは馬車から降りた。

とはいっても、あれを仕留めるのはそんなに簡単ではなさそうだ。さて、どうしたものか。

突進してくる狂山羊《インサニアム・カペル》を眺めながら考えていると、もう一台の馬車からテッドたちも出てきた。

「おい、ジョン！　俺たちはどうすればいい!?」

その言葉で、俺は次の行動を決めた。

「奴の突進を止めるために協力してくれ！　壁を何枚か作れば……まぁ、なんとかなるだろ！　その後は俺たちが攻撃を加えるから、馬車を守って砦まで行け！」

「おう、分かった！」

テッドたちとは、昔からずっと一緒に森で狩りをしてきた仲だ。

これくらい大雑把な打ち合わせでも、十分に対応できるだろう。

問題は狂山羊《インサニアム・カペル》の巨大さだが、タロス村の森の中で、俺たちは友人になったクリスタルウルフたちを相手に、色々と訓練をしてきたのだ。

さすがに十メルテには及ばないが、彼らの中でもユスタは七メルテ近かったはずだ。ユスタの突進力を想定すれば、あの狂山羊《インサニアム・カペル》も何とかなるのではないだろうか。

「何とかならなかったら、そのときは――逃げるぞ」

俺はその場にいる全員にそう言い、突進してくる狂山羊《インサニアム・カペル》に向き直った。

それぞれが呪文を唱え、魔術の壁を築き始める。

土、水、風、炎、氷など様々な属性で構成された壁が、狂山羊《インサニアム・カペル》の目の前に現れた。

タイミングを計り、こちらに狂山羊《インサニアム・カペル》が到達する直前に魔法を完成させたため、狂山羊《インサニアム・カペル》はルートを変えることも出来ず、そのまま色とりどりの壁に突っ込むことになった。

しかし、十メルテの巨体と、その身体を支える強靭《きょうじん》な筋力が生み出す突進力は恐ろしく、壁は一枚、二枚と、ががりがり削られて押し込まれていく。

皆の表情を見るとかなり辛そうで、このままだと押し負けそうな気さえしてくる。

「頑張れ！　もう少し耐えれば止められる！」

俺がそう言うと全員が頷き、魔術にも力が入った。

押され気味だった壁が少し力を取り戻し、狂山羊《インサニアム・カペル》の突進力を徐々に削っていく。

そして、俺たちの魔術の壁に狂山羊《インサニアム・カペル》は完全に抑え込まれ、その場に停止した。

とはいえ、ここで終わりというわけではない。

再度突進されては意味がないのだ。

助走がとれない距離だから止めやすくはあるだろうが、それでも馬車を破壊されかねない。

俺たち——俺、ノール、トリス、フィーの四人は、狂山羊《インサニアム・カペル》の突進が停止すると同時に奴の横に回り、足を攻撃することにした。

その間に、テッドたちには馬車に戻って砦に向かうよう指示をする。

二台の馬車の後部には人が立ち、追撃を警戒しながら遠ざかっていった。

それを睨《にら》みつける狂山羊《インサニアム・カペル》であったが、足元でちょろちょろしている魔術師四人を先に始末することにしたらしい。

ぶるぶると頭部を振り、頭についている、くるくるとした角を光らせ始めた。

「やばい、魔法だ！」

俺が叫ぶと、ノールたちはそれぞれ自分を覆うようにドーム状の魔術壁を張り、狂山羊《インサニアム・カペル》の魔法に備えた。俺も続いて魔術壁を作る。

そして次の瞬間、俺たち四人に向かって狂山羊《インサニアム・カペル》の角から雷撃が放たれ、辺りの平原の地面を焦がした。

俺たち四人は皆、防御に成功し、魔術壁は雷撃を防いでもなお健在である。雷撃が止んだのを確認すると、俺たちは再度攻撃に移った。

こういった巨大な魔物を倒すためには、まず足を狙って潰すのが定石である。

それを分かっているからこそ、俺たち四人とも足を攻撃しているのだが、さすが魔の森の魔物というべきか、おそろしく硬くて剣も魔術も中々通らない。

全く効いていないわけではないだろうが、その足はまるで数百年もの月日を経た樹木のように太く、いくら攻撃しても物ともせずに、俺たちを踏みつぶそう、蹴り上げようとしてくるのだ。

「……くそっ……」

このままではジリ貧か、と思ったそのとき、砦の方角からガシャガシャと鎧の鳴る音が聞こえてきた。

狂山羊《インサニアム・カペル》に注意しながら音のする方をちらりと見てみると、兵士が隊列を組んで向かってきている。

その最前列で彼らを率いているのは、大剣を持った女性である。

彼女は俺たちを見やりながら、狂山羊《インサニアム・カペル》の前に飛び出して叫んだ。

「あんたたち、よく持ちこたえた！　あとはあたしらに任せな‼」

その声とともに、兵士たちの唸《うな》り声が響く。

おそらく、砦から来た兵士たちだ。

魔の森の魔物の討伐は、彼らの専門分野である。彼らに任せて大丈夫そうだ。

そう思った俺は、他の三人に向かって叫ぶ。

「おい、お前ら、下がるぞ！」

俺たちは少しずつ後方に下がろうとしたが、兵士たちから離れすぎて孤立したところを狂山羊《インサニアム・カペル》に狙われては危険だ。

そう思った俺たちは、安全な場所に身を潜めて兵士たちの戦いを見守ることにしたのだった。

第3話　兵士の戦い

兵士と狂山羊《インサニアム・カペル》の戦いは素晴らしいものだった。

兵士たちの能力は、それほど高くはない。

魔法を使える者は少なく、兵士のほとんどは魔術師からの支援を受けながらも、自分の身体能力だけを頼りに戦っている。

しかしそれでも、俺たちが狂山羊《インサニアム・カペル》と戦っていたときよりは、明らかに相手を押していた。

大剣を掲げた女性剣士率いる魔の森の砦の兵士たちは、俺たちが苦戦していた狂山羊《インサニアム・カペル》を巧みに翻弄《ほんろう》し、損耗も殆《ほとん》どなく、徐々に化け物の体力を奪っていく。

冷静に考えれば分かることだが、あの巨体である。

身体の動きを維持するためには大量の魔力が必要らしく、スタミナはあまりないようだ。

兵士たちの統制のしっかり取れた戦いに振り回され、狂山羊《インサニアム・カペル》の動きはだんだんと鈍くなっていった。

「やっぱり本職は違うな……」

ノールが呟くようにそう言った。

「あぁ。個人の能力自体は魔法学院の生徒も負けてはいないだろうが、技術や知識、経験が違うってことがよく分かる」

兵士たちの動きは全て、狂山羊《インサニアム・カペル》の行動パターンや性質を知り抜いているもので、おそらくは予想外の攻撃などというものはないのだろう。

単純な踏みつけや蹴り飛ばしでは兵士たちを仕留められないと考えたのか、狂山羊《インサニアム・カペル》は俺たちに放ったのと同様の雷撃の魔法を放つ。

しかし、兵士たちは個々で魔術壁を形成することなく、二、三人の魔術師が全員の頭上に大きな一枚の魔術壁を築いただけで防いでしまった。

狂山羊《インサニアム・カペル》がそういった魔法を使用すると知っていなければ出来ない対応だし、仲間の魔術師が必ず防いでくれると信頼していなければ、兵士たちは恐ろしくて戦っていられないだろう。

間違いなく、彼らが一流であることが分かる。

そうして攻撃方法を全て防がれた狂山羊《インサニアム・カペル》はなす術がなくなり、仕方なく無効な攻撃を繰り返すしかなかった。

けれど、それはいたずらに体力を擦り減らす結果しか招かない。

限界に達したらしい狂山羊《インサニアム・カペル》の頭が少し前に垂れた瞬間を、隊長らしき女性剣士は見逃さなかった。

「お前ら、下がれッ‼」

号令の直後、ザッと音を立てて兵士全員が狂山羊《インサニアム・カペル》から距離をとった。

「何をする気かしら？」

首を傾《かし》げるトリスを横目に女性剣士に注意を向けると、彼女は持っている大剣を構えて集中し始めた。

その瞬間、大剣に魔力が通されるのを、俺は確かに見た。

「あの人は……魔剣士だ‼」

近接戦闘の攻撃手段のなかでも、最も強力で使い手がほとんどいないと言われる力。

俺の親父アレン・セリアスと同様、女性剣士も、その才能の持ち主だったらしい。

彼女の持っている大剣は魔力と反応して赤く輝き、強い衝撃波を放った。

狂山羊《インサニアム・カペル》はその剣の恐ろしさに気付いて、一瞬仰《の》け反《ぞ》ろうとするも、時すでに遅し。

飛び上がった女性剣士の大剣が目にもとまらぬ速さで振り切られる。

斬撃の音が聞こえたか、どうか。

不自然なほどの静寂が一瞬辺りに広がると、その直後には狂山羊《インサニアム・カペル》の首に一筋の赤い線が走り、ずずず、と音を立てて首と体がずれていく。

そして、ずずん、と狂山羊《インサニアム・カペル》の首が地面に落ちると、数秒後に身体も地面に倒れたのだった。

文句なしの一撃、文句なしの勝利である。

「あれと同じことが、お前の親父さんにも出来るわけだ……」

ノールがふっとそんなことを呟いたので、俺は頷く。

「あぁ……だから、俺は親父に、兵士に憧れたんだよ……」

その決意は、前世の俺を最終的に魔王の城まで連れて行ったのだ。

俺たち四人は感嘆を漏らして、倒れた狂山羊《インサニアム・カペル》と、その周りで勝鬨《かちどき》をあげる兵士たち、それに最後の一撃を加えた女性剣士を見ていた。

すると、彼らもこちらに気づいて手を振ってきたので、振り返す。

女剣士に手招きされた俺たちは何の用か分からず顔を見合わせ、兵士たちの方へと走って行ったのだった。

◆◇◆◇◆

「あんたたち！　大丈夫だったかい？　怪我は!?」

近くに行くと、あの魔剣士の女性が開口一番、そう言って俺たちを心配してくれた。

俺たちはお互いの様子を確認してみるも、誰一人として怪我を負っていない。そこで、俺が代表して返答する。

「誰も怪我はしてないみたいです。本当に助かりましたよ……あのままでは、おそらくやられていましたから」

すると、女性魔剣士は笑った。

「あれだけ持ちこたえられただけでも、私はあんたたちを評価するよ。狂山羊《インサニアム・カペル》っていっても、魔の森の魔物だからね……それも、普通の奴の三倍はデカい。おそらくこいつは群れのボスだったろう……魔法学院の三年生なんかの手に負えるようなもんじゃない。それを……ほんとによくやったよ！　あんたたちもそう思うだろ⁉」

女性魔剣士は振り返り、その場にいる兵士たちに同意を求めた。

全部で十四、五人いるが、その中で魔術師は二、三人。

この人数比からも魔術師が稀少であることが分かるが、実は一部隊に二、三人は多い方である。

魔の森は王国の中でも危険な場所であるため、比較的多めに魔術師が配置されているのだ。

これが他の土地の砦となると、もっと少ないだろう。

魔の森の砦には、確か常時十人以上の魔術師が配置されていたはずだ。

兵士たちは女性魔剣士の言葉に応じて、口ぐちに俺たちを褒めてくれる。

自分たちでもそれなりに頑張ったとは思うが、やはり決定打がなく、あれ以上どうにもできなかった。それが悔しい。

俺が、この時代ではまだ普及していないナコルル式の魔法を使えばまた違ったのかもしれないが、それは最終手段だ。

先ほどの狂山羊《インサニアム・カペル》の場合、逃げるだけならナコルル式魔法を使うまでもないと判断して使用しなかった。それに、これまで旧式魔法の訓練も積んできたのだから、それで対処できると思ったのだが……

その悔しさを漏らすと、女性魔剣士は肩を竦《すく》めた。

「まぁ、確かにさっきまでは打つ手なしだっただろうけどね。でも、今はもう違うだろう？　あんたたちの目を見ると……どうもそんな感じがするよ」

どうやら、相当評価されてしまったらしい。

確かに、俺は魔法学院に入学して以来、ノール、トリス、フィーに、戦いの際には常に考えるように言ってきた。勝ったにしろ、負けたにしろ、また戦いの最中でも、どうやれば勝てるかを徹底的に考えるように、と。

それは今やほとんど彼らの癖になっており、先ほどの兵士たちの戦いを見て、それぞれ思うことがあったに違いない。

狂山羊《インサニアム・カペル》の性質を巧みに利用し、スタミナ切れを狙っていく戦い方なら、俺たちにもおそらく出来た。

それに、各自が思い思いに戦うのは、あの雷撃があることを考えると愚かな選択だったといえる。

誰か一人が先ほどの兵士のように頭上に魔術壁を形成して雷撃を防ぎ、その間に他の三人が徹底的に攻撃を加える、そして足を一つ一つ確実に潰していく、という戦法をとっていれば、勝てた可能性は高い。

俺がそんなことを話すと、女性魔剣士は頷いた。

「ふむ……確かにそれなら可能性はあったかもしれないね。しかし、意外なもんだ。魔法学院から十数年ぶりに研修生がやってくると聞いて、よっぽど魔の森を舐《な》めたガキが来るんじゃないかと皆で思ってたところだ。けれど、来たのはあんたたちだった……面白いね。歓迎するよ。……おっと、荷馬車が来たね」

俺たちが魔法学院の研修生であるということは、しっかり分かっていたらしい。

まぁ、俺たちは馬車に乗って来たし、いつ頃、何人来るかくらいは把握していただろう。だからこそ、すぐに助けに来られたのだ。

砦の方を見ると、確かに女性剣士の言う通り、何台かの荷馬車がこちらに向かってくる。

「あの荷馬車は何のために来たの？」

フィーが尋ねると、女性剣士は微笑みながら答える。

「そりゃあんた、狂山羊《インサニアム・カペル》を運ぶためさ。魔物の肉は美味い。強ければ強いほどね。この狂山羊《インサニアム・カペル》も間違いなく相当な美味さ。魔の森の砦の何が楽しいって、飯が上手いことさね！」

確かに魔の森の砦ほど、強力な魔物の肉に毎日ありつける場所はなかなかないだろう。

「恐ろしく危険」という但し書きが必要だが、それは誰もが分かっていることだ。

それでもこの砦に来る者を物好きと呼ぶならば、俺たちだってまさにそれに該当する。

「ま、そんなわけだから、砦に行くのは狂山羊《インサニアム・カペル》を切り分けた後になる。少し時間がかかるが許しておくれ」

「いえ、全く構いませんよ。よければ解体しているところを見せて頂けませんか？　実のところ、狂山羊《インサニアム・カペル》の解体は見たことがなくて」

タロス村周辺に、狂山羊《インサニアム・カペル》は出現しなかった。だから、その解体も見たことがなく、俺としては興味がある。

魔物料理は母さんが得意なのだが、俺もその影響を受けて、魔法学院に来てからしばらくして趣味のように料理をすることが増えてきた。

前世では決してやらなかったことだが、やってみると意外に面白く、奥が深いものだと感じている。

ノールたちは俺のそんな趣味を理解しているからか、俺の解体見学の申し出に特に文句も言わず、むしろ自分たちにも見せてほしい、と一緒になって頼んでくれた。

女性剣士は、豪快に笑った。

「はっはっは、ほんとにあんたたちは面白いねぇ……先に砦に行った子たちも、あんたたちみたいなのかい？」

「俺たちみたい、というのがどういうことなのかは分からないですけど、先に行った奴らはみんな俺と同じ村の出身ですから……似たような奴らではありますね」

そう答えると、女性剣士はへぇ、と頷いて質問を続ける。

「あんた、どこの村の出身なんだい？」

「タロス村です」

「タロス村……タロス村って、アレンのいるタロス村⁉」

ずいぶんな驚き方だったので、俺は少し面食らいながら頷く。

「はい、そうですけど……アレンは俺の親父です。それが何か？」

「あんたがアレンの息子かい！　いやぁ、本当に面白いなと思ってね。そうだ、ここらであたしの自己紹介をしておこうか？」

「あ、申し訳ありません。俺たちもまだしてませんでした。俺はジョン、こっちはノール、それにトリスと……フィーです」

俺が紹介すると、それぞれ頭を下げた。

女性剣士はゆっくりと頷いて、それぞれの顔をしっかりと記憶するように眺めながら一人一人の名前を復唱した。そして、それぞれと握手をする。

「あぁ、よろしく頼むよ。これからしばらく、砦で一緒に生活するんだからね。それで、だ。私の

名前はエリス。エリス・シュルプリーズだ。……それともこういった方が分かりやすいかね。剣姫《けんき》エリス、と」

その言葉に、俺は目を見開いて驚く。

剣姫《けんき》エリス。

その名前に、俺ははっきりと聞き覚えがあった。確か、魔法学院学院長のナコルルから聞いたのだったか。

かつての闘技大会——当時、魔法学会から追放されて落ち込んでいたナコルルが勇気づけられたというその大会において、親父と熱戦を繰り広げたという女性剣士。

それこそが、剣姫《けんき》エリスに他ならない。

彼女が魔の森の砦に勤めているという話は、親父からは一度たりとも聞いたことがなかった。いつもの親父らしく、単に言わなかっただけなのだろうか？

いや、違う。

前世で魔の森の砦を捜索したとき、ここにいると聞いていた兵士たちの名前の中に、彼女の名前はなかった。

おそらく何らかの事情で、彼女は今、ここにいることになったのだろう。その理由は、あとで聞けば分かるはずだ。

それにしても、まさかこんなところで彼女に出会うとは思わなかった……

驚いている俺の顔を見て、剣姫《けんき》エリスは笑った。

「いやはや……そこまで驚くとは思わなかったよ。あんた、アレンとは違う性格をしているみたいだねぇ……」

そういえば前世の記憶によると、この時期、親父も砦にいるはずだ。

それを思い出してエリスに聞いてみると、親父は今、別の地域の騎士団のところに行っていて留守で、いつ戻るのか分からないらしい。この点も前世とは少し違っているようだ。

「ま、いいさ。色々積る話はあとでしようか。さ、解体するから、こっちに来な」

俺はエリスにそう言われて動き出し、ノールたちもあとに続いた。

第4話　魔の森の砦

それからしばらくの間、狂山羊《インサニアム・カペル》の解体に時間が割《さ》かれた。

ただ、部位を分けた後は手早く、数台の馬車に芸術的な積み上げ方で狂山羊《インサニアム・カペル》の肉が載せられていき、巨大な動物の解体と運搬をしたにしては驚くほどの短時間で全ての工程が終えられた。

「随分と慣れているんですね」

そう言うと、エリスは頷く。

「当たり前さね。こんなことは日常茶飯事だからね……」

その言葉に込められている意味を理解できないほど、俺たちは魔の森を舐《な》めてなどいない。

つまり、あの森にはこの程度の魔物など毎日のように現れるのだろう。

それに耐えられるだけでなく、軽く討伐できる程度の実力がなければ、魔の森の砦ではやっていけない、という意味なのだ。

「俺たちも早く慣れるように努力しような、みんな」

振り返ってノール、トリス、フィーの三人にそう告げると、皆も深く頷いた。

俺たちの様子を見ていたエリスは、にやりと笑う。

「ま、見込みはありそうだからね……嫌でも慣れてもらうから、そんなに気負わなくても大丈夫だよ」

◆◇◆◇◆

先行する狂山羊《インサニアム・カペル》を積んだ馬車を追いかけながら辿《たど》り着いたその場所は、遠くから眺めていたときよりもずっと巨大に感じられた。

魔の森の砦。

俺の記憶には、ただの石くれの集まりとなった状態ばかりが強く焼き付いていたので、あぁ、こんなに立派な砦だったのだな、と改めて思った。

親父の職場であり、今日から俺たち十人の魔法学院生が研修生としてお世話になる場所でもある。

砦の中に入ると、エリスに「研修生が来たことを報告してくるから、少しホールで待っているように」と言われたため、俺たちはそこで待つことになった。

砦のホールは広くて簡素な作りだが、それはここが客人を招くような場所ではなく、あくまで魔の森の魔物から国を守るための拠点だからだろう。

なんとなく周りを観察していると、俺たちより先にこの砦に向かった同級生たちがホールの奥の方に立っていることに気づいた。

彼らと目が合うと、向こうから声をかけてくる。

「お、ジョン！　やっと着いたか。遠くから眺めてたけど、やられないかと気が気じゃなかったぜ！」

「本当にそうだよ……怪我はないみたいだね。私、やっと安心できた……」

話しかけてきたテッドとカレンの他に、テッドの子分で通称・三馬鹿のオーツ、ヘイス、コウ、それにフィルもいて、タロス村出身の幼馴染みが勢揃《せいぞろ》いだ。

彼らと俺の魔法学院のパーティメンバーであるノール、トリス、フィーの三人はすでに知己《ちき》になっており、一緒に食事したり訓練したりすることも少なくない。つまり、ここに来た魔法学院生は全員が知り合いということになる。

気心知れた仲なのでそういう意味では楽だが、全員が妥協しないタイプなので、もしかしたら今回の研修でも、一切手を抜かずに自分達を追い込むことになるかもしれない。

テッドたちに微笑みかけながら、俺は言う。

「俺たちがそんなに簡単にやられるわけがないだろう……と言いたいところだけどな。実際にはやばかった。砦の兵士の人たちが来てくれなきゃ、どうしようもなくなってたぜ」

「だろうなぁ……俺たちが馬車を守りつつ砦に向かってたときに、途中で兵士たちとすれ違ったから少し安心はしたんだが……やっぱり魔の森の砦の兵士ってのは違うな」

そんな風に魔法学院生たちで雑談していると、エリスがやってきて注目を促すように手を叩いた。

その音に、十人全員がエリスの方を向く。

「よし、あんたたち、随分待たせたね。準備が出来たから、まず砦を案内するよ。あぁ……念のため聞いておくけど、あんたたち、魔法学院から研修に来た生徒十名で間違いないね？」

今さらではあるが、狂山羊《インサニアム・カペル》に襲われるというアクシデントがあったため、参加者の確認が出来ていなかったのだ。

全員の視線が俺に集まったので、俺が研修生を代表して答える。

「はい。我々は魔法学院からギヒノム砦——通称魔の森の砦の研修に参りました、魔法学院三年生十名です。今日からお世話になりますので、どうぞよろしくお願いします」

そう言って俺が頭を下げると、その場にいる研修生全員も同様に礼をした。

エリスはそれを見て、手を振る。

「そんなに堅苦しくしなくていいよ。この砦で重要なのは、礼儀よりも実力だ。あんたたちもそれさえ示してくれればいい。ま……さっきの一件で研修生としては十分な実力があると理解できたから、今さらな気がするけどね。まずは荷物を置いてもらうから、それぞれが寝泊まりする部屋に案内するよ」

そう言ってエリスは歩き出そうとしたが、ふっと気づいたように振り返る。

「おっと……これは一応言っておかなければね。……ようこそ、ギヒノム砦へ。あたしたちはあんたたちを歓迎する」

その言葉に、俺たちはやっと研修先に辿《たど》り着いたような気がして、張りつめていた気が少しだけ緩んだのだった。

◆◇◆◇◆

「さて、ここがあんたらがしばらくの間、生活する部屋だ。基本、二人で一部屋だね。少し狭いが、あたしらの部屋も同じくらいだから勘弁しておくれ」

案内された部屋は、確かに少しばかり手狭であった。魔法学院で与えられている寮の部屋と比べれば半分もないだろうか。

けれど、この部屋ですることはせいぜい寝泊まりくらいだろう。

研修中は魔の森を歩いたり、兵士や魔術師たちに稽古をつけてもらったりするらしいから、部屋で自由に過ごすような時間はないはずだ。だったら、多少狭いくらい問題ない。

それに、そもそも俺たちは平民で、それほど広い家に住んでいたわけでもない。むしろこれくらいの広さがちょうどよく、魔法学院の寮は少し広すぎると感じていたくらいだ。

他のみんなも文句はないようである。

そんな俺たちの反応に安心していたのは、エリスであった。

気になって俺が尋ねてみると、エリスは苦笑しながら説明してくれた。

「いやぁ……本当にこの砦に魔法学院の生徒が研修に来るのは十数年ぶりだからね。正直どう扱ったものか、勝手が分からなかったんだよ。その十数年前に来た奴はどこかの貴族のボンボンだったらしくて、部屋が狭いだとか魔物の遠吠えがうるさいだとか訓練がきついとか、散々なこと言って途中で帰っちまったらしいし。今回来るやつらもその類《たぐい》だったらどうしようかと、戦々恐々としてたんだ。あたしはともかく、砦の兵士たちはみんな権力ってもんに簡単に人生を左右されるってことが分かってるからねぇ。どうやってやり過ごせば一番ダメージが少ないかって、酒を飲みながら相談してたくらいなんだよ」

確かに、貴族出身の魔法学院生が来たなら、そのようなことも真剣に考えなければ危険だろう。

魔法学院の生徒は、基本的に身分制度の枠から外され、平民でも貴族でもない『魔法学院生』という独自の存在として扱われる。

魔法学院において生徒同士は対等で、教師は生徒よりも上位である。そして今回のような研修においては、研修先の人間が生徒の上司となって命令を下せるのだ。

ただ、原則はそうであっても、結局貴族は貴族である。

貴族出身の魔法学院生自身が権力を振るえずとも、その親から文句が入ると問題になってしまう。

おそらく、以前、魔の森の砦に来たという貴族出身の魔法学院生も、親の権力によって途中で研修を終わらせるようにしたのだろう。そしてその後、魔の森の砦に勤める者に対して、何らかの圧力がかかったのだ。

おそらく、当時のことを覚えている者がこの砦にいて、だからこそ、先ほどエリスが語ったような相談がなされたのだろう。

俺の推測をエリスに話してみると、彼女は感心したように頷いた。

「よく分かるね。全くその通りだよ。だから、さっきまで魔の森の砦の兵士一同、色々心配していたんだがね。あんたたちにはそういう心配は要らないようだ……それで、いいんだよね？」

念を押すように、彼女は俺たちに尋ねる。

俺たちとしても、変に気を遣われて手ぬるい研修をされても困るし、せっかくならしっかりと学んで帰りたいと思っているところだ。

だからこそ、全員が決意に満ちた表情でエリスを見て頷いた。

それを見て、エリスは満足そうに微笑む。

「そうか……分かったよ。しかし良かった。辞令でここに来るやつらは沢山いるが、あんたたちみたいに自ら望んで来るような奴は少ないからね……それが今回は、若いのが二組も来たんだ。これは今後のこの国にとって、良いことなのかもしれないね……」

このエリスの口ぶりからすると、俺たち以外にも今、魔の森の砦に来ている者がいるようだ。

魔の森は稀少素材の宝庫でもあるから、彼女の言うもう一組が素材目当ての研究者や狩猟者《ハンター》であるなら、別に不思議に思うことはない。

しかし、「若いの」というのは、俺たちと同じくらいの年齢ということだろうか。しかも、わざわざ自分の意思でここに来たというのだから、俺は気になって尋ねずにはいられなかった。

「もう一組とは……どんな方がいらっしゃっているのですか？」

「ん、気になるかい？」

「勿論《もちろん》。これから砦で顔を合わせることもあるでしょうし……挨拶くらいはしておきたいな、と。なぁ、みんな」

そう言うと、みんなが頷いた。

俺たちには、強い魔物と相対したい、腕のいい鍛冶師に会いたい、といった明確な理由がある。

だからこそ、危険地帯といわれる魔の森の砦に来たのだ。

逆に言えば、それだけの理由がなければ、わざわざ来ようと思うような場所ではない。

もし、エリスの言う若い奴らが、何らかの強い意思を持ってここに来たというなら、会って話してみたいと思った。

もしかしたら、そいつらはこれから起こる魔族との戦いで、大きな戦力になるかもしれない。

エリスは少し考えて言った。

「うん。確かにそうだね……じゃあ、食事のときに会えるように調整しておくよ。ま、基本的に全員食堂で食事を取るから、わざわざそんなことしなくても顔を合わせることになるだろうけど。挨拶したいってんなら、話を通しておいた方がいいだろう？」

その言葉に俺は頷いた。

「よし、分かった。じゃあ、そういうことで……それと、夕食まではまだ時間がある。それまでに、砦の主要な施設について教えるから、みんなそれぞれの部屋に行って荷物を置いてきな。そして、五分後にまたここに来ること」

そう言って、エリスは皆に部屋のカギを手渡していく。

二人一部屋、ということだったが、部屋割りはエリスが適当に決めておいてくれたようだ。

女性陣はカレン、トリス、フィーの三人しかいないため、どうなるのかと思ったら、彼女たちには三人部屋が与えられた。

二人部屋の倍ほどの大きさで、不公平を感じないでもないが、女の子の部屋だから、ということで男性陣は納得した。

部屋の広さはたぶん、エリスの配慮なのだろう。女性陣の荷物は男性陣のものよりも少しばかり多く、確かに多少広い部屋でないと大変そうである。

俺はノールと同室になり、持ってきた荷物を部屋に置いた。外套《がいとう》を掛けて、一息つくべく部屋の隅にある二段ベッドの下の段に腰掛ける。

「……ふぅ。やっとリラックス出来る……」

そう言うと、ノールが少し呆れたように言った。

「荷物置いたら出て来いって言われたからな。まだそういうわけにもいかないだろ」

言われてみると、そうだった。

とはいえ、荷物を置いたことで精神的に楽になったのは事実である。

「ま……今日のところは砦の施設を案内されるくらいみたいだし、これ以上疲れることはないだろう。あんな魔物と対峙《たいじ》したりもしないだろうしな」

「あんなのが一日に何回も来たらと思うと、ぞっとするぜ……ま、もし仮に来たとしてもあの強い魔剣士の姉さんがいるんだ。大丈夫だろう」

「剣姫《けんき》エリスな……まさか、こんなところで会えるとは思ってもみなかったが」

そんな雑談をしていると、そろそろ五分が経とうとしている。

「戻ろうぜ」

ノールに声をかけられ、エリスのところに行くべく、俺はベッドから腰を上げて部屋を出たのだった。

第5話　導き

「まずはここだね。食堂……説明しなくても分かるだろうが、食事するところだよ。朝、昼、晩と三食出る。時間は一応決まってるけど、仕事で時間通りに来れないことなんてザラだからね。かなり融通が利くと思っておいていいよ」

エリスが食堂に着くなり、そう言った。

広さは砦の人員の半分くらいが同時に食事できる程度だろうか。

天井はそれほど高くないし、テーブルも頑丈さを重視して作られた無骨なものだが、それはこの砦の目的から考えて当然といえる。

今も食事中の兵士が何人かいて、俺たちを見つけると手を振ってくれた。

おそらく、先ほどの狂山羊《インサニアム・カペル》と戦っていた兵士なのだろう。

顔は覚えていないが、ここに来るまでにすれ違った兵士たちとは違って少し服が汚れているので、外に出ていたのだということが分かる。

彼らの反応を見る限り、俺たちは好意的に受け入れられているらしく、人間関係で悩まされる、ということはなさそうだ。

「ちなみにだが、味は保証するよ。……何を材料に使っているかは、もうあんたらは分かるよね？」

そう聞かれて、まさにその材料の解体を見学したり、少しだけ手伝ったりした俺たちは深く頷いた。

食材の現地調達システムが整っているというのは素晴らしい。

まぁ、調味料はしっかり仕入れる必要があるし、魔物だけ食べているというわけにもいかないだろうから、全てが現地調達とはいえないが。野菜関係は魔の森でも採れそうだ。その辺についても聞いてみてもいいかもしれない。

「さて、食堂はこんなもんかね。次行くよ」

そう言ったエリスに、俺たち十人はカルガモよろしくぞろぞろとついていくのだった。

◆◇◆◇◆

次に向かった場所は熱気に満ちていて、近くに来ただけでどういう所なのかが分かった。

「……暑い」

トリスがそう言うと、エリスが砦の狭い通路を先導しながら言う。

「こればっかりは耐えてもらうしかないね……次は、鍛冶場だからさ。……っと、着いたよ」

エリスが顎《あご》をしゃくって示した方向を見ると、槌《つち》を持った男性たちが作業している部屋があった。

部屋の奥には赤々と燃える炉がある。

匠種《ドワーフ》と祖種《ヒューマン》が二人ずついて、全員が鍛冶師のようだ。

やってきた俺たちをちらりと見ただけで、すぐに作業に戻ってしまったあたり、彼らにあまり愛嬌は期待できないのかもしれない。

「今は作業中、だとさ。別に愛想がないわけじゃないんだけど、ちょっとタイミングが悪かったね。普段はあいつらも結構しゃべるんだ。ただ、鍛冶の最中はだめさ。あんな風に……」

顎《あご》を再度しゃくって、エリスは言う。

「えんえんと鉄と語らっているからね。そのうちあんたらも世話になるだろうから、顔はしっかり覚えておきな。自己紹介はまぁ、あいつらが暇なときでいいだろう。武具の手入れ、砥《と》ぎは全部やってくれるから、調子が悪いと思ったらすぐ来ることだね。あと、この砦に所属する者には基本的に武具が貸与される。ミスリル銀製の武具がね」

親父がここで勤めているから、それは俺も知っていることだ。

支給ではなく貸与なのは、かつてそれを売りさばいた兵士がいたからであることも知っている。

ミスリル銀の武具は非常に稀少で高価なものだ。貸与であるとしても、そんなものを俺たちに渡していいのだろうか。

そんな気持ちを察したらしいエリスは、説明をしてくれる。

「これは厚意というより必要な措置なのさ。だから気にすることじゃない」

どういう意味か、と不思議に思って俺は首を傾げる。

「それは……？」

「あんたらは当然、魔の森がこの国において超の付く危険地帯だということは知っているね」

「ええ。それがどうかしたのですか？」

「つまり、さっきあんたらが出くわしたような魔物にも簡単に遭遇するってことさ。さっきのはでかいだけの狂山羊《インサニアム・カペル》だったから、今のような軽装備でもどうにかなっただろうが……魔の森にはもっと恐ろしく、強力な力を持った魔物がうじゃうじゃいるんだ。あんたらは研修という名目で、その森を歩く予定だろう？　そうすると、どうしてもあんたたちが持ってきたような武具じゃ不安になってくるわけさ。ま、魔術媒体は別として、剣や防具は普通のものじゃ通用しないよ。だから、あんたらにミスリル銀製の武具を貸与するのは必要な措置、なのさ」

さっきの狂山羊《インサニアム・カペル》だけでも相当に恐ろしいと思ったのに、もっと強力なのがうじゃうじゃいると聞いて、一同震えた。

これでも魔法学院生の中ではそれなりに上位レベルだという自覚があったのだが、その自信は実際に魔の森に入る前に完全に崩れ去りそうである。

フィーは、何やらふっくらとした頬を興奮に赤く染めているが、ああいう無類の戦闘好きでもない限り、恐怖しか感じない。

何よりも生き残ること、これを一番の目的として戦わないと、簡単に命を落としそうである。

「あたしみたいな魔剣士なら、別にミスリル銀製の武具じゃなくてもなんとかなるんだけどね。この中に魔剣士はいないだろう？」

俺たちを見渡し、誰も名乗りをあげないのを確認して、エリスは続けた。

「そういうわけでだ。魔の森に行くときには、必ずミスリル銀製の武具を身に着けるのを忘れないこと。それに手入れもね。これを怠るとすぐ死ぬからね。たとえ、あの森に慣れている人間だとしても、だ」

エリスの言葉は事実であろうが、極めて恐ろしい宣言でもあった。

ここに来るまで気を抜いていたわけではないが、多少の遠足気分があったのは否めない。

今、そういうものが全て吹き飛び、緊張で体が硬くなっていくのを感じた。

しかし、エリスはそんな俺たちの様子を見て、ぷっと破顔すると、一転して柔らかに語り出す。

「ま、脅すのはこれくらいにしようか。とにかく、気をつけろってことで、そこまで怯《おび》える必要はないよ。あんたたちが魔の森に行くときは、必ずあたしらがついていくからね。あんたらの命は、あたしたちが必ず守る。ただ、もしもの場合ってのがあるからね。少しでも長く時間を稼げるようにしておくのは重要だろう？　そのために、最善の準備をしておけってことさ。……じゃ、次に行くよ」

そう言って、エリスはまた歩き出した。

◆◇◆◇◆

次に着いた場所は、砦の中心部の中庭に作られた練兵場であった。

そこには今も大勢の兵士たちがいて、激しい訓練を行っている。

エリスは兵士たちの訓練を柔らかな視線で観察している老兵に近づき、話しかけた。

「グラハム曹長《そうちょう》、調子はどうだい？」

エリスの声に気づいた老兵――グラハムは、こちらを見て微笑んだ。

「ふむ、エリスの嬢ちゃん。大体見ての通りじゃよ……まぁまぁじゃな」

兵士たちの動きを見つめながら、そう答えたグラハム。

彼の言う「まぁまぁ」が一体どういう評価なのか俺たちには分からなかったが、エリスにはよく理解できたらしい。

「そうかい……ま、今日はこの子たちが来ているから、余計に訓練にも力が入っているんだろうね」

エリスの言葉にグラハムは頷く。

「そのようじゃ……さて、まずは自己紹介をしておこうかの。わしはグラハム。曹長《そうちょう》の階級に就いておる……とは言っても、見ての通り、年が年でな。あまり前線には出れん。主に訓練の監督や指揮がわしの仕事じゃ。そのうちお主らの訓練も見ることになるから、この顔を覚えておいてくれるかの」

俺たちを見つめるその表情は柔らかく、穏やかな人のように見えた。

俺たちは彼にそれぞれ頭を下げ、挨拶をする。

グラハムはそんな俺たちの名前を一つ一つ復唱し、しっかりと覚えてくれた。

それから、エリスに案内に戻るよ、と言われて、俺たちはその場を後にした。

中庭から再度、薄暗い砦の中に戻り、歩きながらエリスは言う。

「あんたら……あの爺《じい》さんのことをどう思った？」

その声に答えたのはフィルだ。

「とても優しそうで、穏やかそうな人だと思いましたけど」

素直な感想で、おそらくその場にいる誰もが同感だったはずだ。

けれど、エリスは首を振って否定する。

「そうか……気持ちは分かるがね。その印象は早めに捨て去った方がいいよ」

「なぜです？」

フィルが尋ねる。

「そりゃあ、あの爺《じい》さんの訓練は、とんでもなく厳しいからだよ……私も扱《しご》かれたんだから、これは確かだ……」

何か思い出があるらしく、視線を宙に漂わせながら語る彼女の言葉には、何とも言い難い苦さのようなものが感じられた。

エリスは、剣姫《けんき》エリスとまで謳《うた》われた腕利きの魔剣士である。

そんな彼女が、扱《しご》かれて辛かった、と言っているのだ。

あの老人グラハムがどの程度の訓練を課すのか、それだけでもなんとなく想像がつく。

まさか、あんなに優しそうな人が……と皆が考えていることだろう。

けれど、俺は良く理解していた。軍にいる者の中で最も恐ろしいのは、ああいう普段は優しげで穏やかそうな人間なのだということを。

そういう者こそ、本質は鬼や悪魔と罵《ののし》られかねない何かを宿しているものなのだと、俺は前世でしっかり学んでいた。

だから、エリスの言葉は間違いなく真実であり、グラハム曹長《そうちょう》の訓練を受ける際には相当な覚悟が必要なのだ。それを、俺は心に留めておくことにした。

あとで、皆にもそれを口酸っぱくなるほど言っておこうと思いながら、エリスの後をついて行ったのだった。

◆◇◆◇◆

最後に案内されたのは、砦の屋上である。

砦から左右に延びている長く高い壁は、どこまでも続く魔の森と王国の境界線になっていた。

砦の屋上からは壁の上に出られるようになっており、エリスが先導して歩きながら、俺たちに語る。

「ここから見えるあの森が、第一級の危険地帯『魔の森』だよ。人の支配することの出来ない剥《む》き出しの野生が、あそこには沢山ある。魔物、虫、動物、それに植物……人の入り込めるような隙はどこにもないような場所だ」

エリスの視線の先に広がっている魔の森の木々は、とてつもなく巨大だった。

壁の高さは十メルテはあるはずなのに、その壁から見上げるほどの高さまで樹木が伸びており、その一本一本の太さも恐ろしいものがある。一体、何人の人間が手を繋いで周りを囲めば手が届くのだろうかと、疑問に思ってしまうくらいの太さなのだ。

「そりゃあ、魔物があんだけでかくなるわけだぜ……」

テッドがため息混じりにそう呟いた。

俺も同じ感想だったし、他の奴らも似たようなことを思ったのか感嘆を漏らしている。

こんな剥《む》き出しの自然から、この砦の兵士たちは国を守っているのだ。

そして、親父も。

そのことに深い尊敬と、敬愛の念が生まれてくるのも当然だろう。

人はこんなものと戦えるのだと、そう勇気づけられる。

エリスにそう告げると、彼女は少し違う、と言った。

「別に、あたしたちは自然と争っているわけじゃないよ。そうじゃなく……お互いの領分を侵さないように、細心の注意を払って生活しているだけさ。少なくとも、この砦の兵士たちはみんなそう思っているだろうね」

「お互いの領分を侵さないように？　魔物が人に配慮してくれていると？」

「どうだろう。少なくとも、魔物にはそんな知能はないと言われているけどね、あたしたちはたまに感じるんだよ。あたしたちとの対立を避けるような、彼らの意思みたいなものをね。もちろん、今日みたいに、魔物が襲い掛かってくることは少なくないんだけど、それはあくまで不幸な事故って言うかさ……うん、ダメだね。うまく説明できないよ。あたしはあんまり頭がいい方じゃないからね。ただ、ここで生活していくうちに、あんたたちにも分かってくると思うよ。あたしはそれを期待している」

そう言ってエリスは話を締めて、案内はここで終わりだ、と告げた。

それから彼女は夕食の時間を伝え、それまでに食堂に来るようにと言って砦の中に戻っていった。

思いもよらず自由時間を得たが、疲労困憊《こんぱい》しているのか、皆さっさと自分の部屋に戻っていく。

俺とノールだけが残り、しばらく森を見ていた。

「おい、ジョン。戻ろうぜ」

そろそろ風が冷たくなってきたからか、ノールがそんなことを言った。

しかし、俺はもう少しここにいたかった。

「先に戻っててくれ」

ノールは頷く。

「分かった。夕食には遅れるんじゃないぞ」

そう言って砦の中に入っていったのだった。

◆◇◆◇◆

それからどれくらい、そこにいただろう。

日も暮れてきて、茜《あかね》色に染まった空が美しかった。

もうそろそろ、戻らなければならないな。

そう思ってはいたのだが、なぜかその場を離れがたく、俺はずっとここにいたいような、不思議な感覚に襲われていた。

前世でこの場所を永遠に失ったことが、俺をこんな気分にさせるのだろうか。

こうして未だ健在な砦の姿を眺め続けることで、前世の、あの粉砕された砦の光景を上書きしてしまいたいのか。

そう自問するも、答えは出なかった。

ただ、この行動は正解だったのだろう。

俺がこの場を離れがたく感じていたのは、そんな過去の記憶からではなく、もっと大きな——運命ともいうべき不思議な流れに導かれてのことだと、俺は数瞬ののち、確信することになったからだ。


「——なぁ、あんた」

ふと、俺の背中に声がかかった。

若い、少年の声だ。俺と同じくらいの年の、どこか気取ったところのある声。

聞いたことがないはずなのに、なぜか俺はその声に強烈な郷愁を感じ、そんな自分の心の動きに驚いた。

俺は振り返ろうとしたが、なぜかうまく足が動かない。

話しかけられたのに反応しない俺にしびれを切らしたのか、その声の主は俺の肩を掴《つか》んで、ぐいっと引っ張った。

「おい、聞いてるのか?」

身体の向きを変えられ、俺の目に入ったその人物の姿。

金色の滑らかな髪、端整なつくりをした顔、悪戯《いたずら》っぽい瞳の色――

忘れるはずがなかった。

今まで思い出さなかった日はなかった、と言ってもいいかもしれない。

それくらいに、懐かしい――そして、どうしても会いたかったその人物の顔。

俺はその名前を呼ぶため、喉に力を入れようとする。

しかし、すんでのところでそれはやめた。なぜなら、それは明らかに不自然だからだ。

今の俺が、彼の名前と顔を知っているのはおかしい。

そう冷静に考えて、心臓の動悸《どうき》を抑えた俺は、出来るだけ声が震えないように、表面上は平静を装って質問した。

「……聞いてるよ。それで、あんたは誰だ？　初対面にしては、不躾《ぶしつけ》なんじゃないか？」

俺の言葉を聞き、彼は面白がるような表情を浮かべて言った。

「はっはっは……あぁ、確かにそうだったな。初対面の奴に対する態度じゃなかった」

彼は、「自分に対してそんな態度に出る奴なんか、今までいなかったから面白い」とでも言いたげな表情だった。

俺には、彼の心の内が手に取るように分かった。

こいつが好きなのは、自分と対等に振る舞う馬鹿な平民なのだ。

昔からそうだった。

これからもきっとそうなのだ。

俺は、ジョン・セリアスは、誰よりもそのことをよく知っている。

そうして、一頻《ひとしき》り笑った彼は、自分の名前を告げたのだった。

「じゃあ、謝罪がてら自己紹介でもしておくぜ……初めまして、俺の名前はケルケイロ。ケルケイロ・マルキオーニ・フィニクスだ。苗字はまぁ……気にしないでもらえると嬉しいね。以後よろしく頼む……それで、あんたの名前は？」

「……ジョン。ジョン・セリアスだ」

絞り出すような声で名乗った俺の目の前に、かつて失ったはずの親友が、確かに息をしてはっきりと存在していた。

第6話　身分という鎖

「へぇ……魔法学院の研修ね。なるほど。俺と同い年くらいの子供がこんな危険なところにいるんだもんな。なんでかと思ったら、そういうことかよ」

魔の森の砦の屋上、つまりは王国と魔の森との境界の役目をしている壁の上で、森が茜《あかね》色の光に照らされているのを眺めながら、ケルケイロはそう言った。

彼は、俺のような子供がここにいることを不思議に思って話しかけたらしい。

言われてみれば、確かに客観的に見て奇妙なことだろう。

ここは王国で最も危険な場所。よほどの豪傑《ごうけつ》であっても来ることに尻込みするような――そんな場所なのだから。

しかし魔法学院の生徒だ、と説明すると深く頷いて納得を示した。

彼は貴族だからか、魔法学院の制度や仕組みをよく理解しているようで、研修のことも知っていた。けれど、学院生活を経験しているかというと、それは別のようだ。

学院は楽しいかとか、魔法を初めて使ったときはどんな気分がしたかとか、ケルケイロはそんなことばかり聞いてきた。

彼は俺の話を楽しそうに聞き、一つ一つ相槌《あいづち》を打ちながら、疑問に思ったことを尋ねてくる。

俺はたったそれだけのことに深い感動を覚えながら、目頭が熱くなるのを抑えつつ、なんでもないことを話すように返答を繰り返す。

そのたびに、彼はあの頃のように――いや、あの頃よりもさらに好奇心旺盛《おうせい》な瞳で、俺の話に耳を傾けるのだ。

「やっぱり、魔法学院に行っておけば良かったかもなぁ……」

ふと、そんなことを呟いたので、俺は首を傾げて尋ねる。

「なんだ、それはどういう意味だ？」

「あぁ、俺、実は魔力があるんだよ。魔術師になれるくらいのな。ただ、なぁ……親の都合というか、事情で、魔法学院に行くかどうかの選択ができてな。悩んで辞めちまったんだ」

親の都合とは、ものは言いようである。

ケルケイロは、大貴族の息子だ。

一定の魔力がある者は、魔法学院に入学して将来は王国の機関に所属するのが決まりだが、ケルケイロはその身分ゆえ、入学を拒否することができたのだろう。

確かに魔法学院には貴族もいるし、公爵家の令嬢もいるくらいだから、ケルケイロが学院に通ったとしても問題はない。しかし、魔法学院は基本的には魔術師養成校であって、領主や官僚を育成するためのものではない。

そのため、多くの貴族は子供を魔法学院に通わせるより、家庭教師を付けて一般教養や戦闘技術などを学ばせ、その合間に出世のための人脈作りやパーティなどを行う方が有意義だと考えるようだ。

実際、官僚として出世したいなら、その方が効率は良いだろう。

魔法学院に入ると、どうしても軍の中での出世競争になってくる。しかもその競争は実力主義が基本だ。その上、平民も出世競争に参加し、能力によっては身分と立場が逆転する可能性まである。

そんな争いをするよりは、権謀術数《けんぼうじゅっすう》を尽くして競争相手を蹴落としていく方が効率的である、と考える者も貴族の中には多いのだ。

貴族としての格が高ければ高いほど、出世競争のスタートラインも高くなるから、全員が同じスタート地点から始まる魔法学院卒業生の出世競争に貴族が参加するのは余計に面倒でもある。

こうした様々な要素を考慮してケルケイロは悩み、魔法学院に行くという選択肢を諦めたのだろう。

しかし、そう考えると不思議である。

彼は前世において、俺と同期入隊で一般兵として軍に入ったのだ。

出世、というものを念頭に置いて魔法学院に行くという選択肢を諦めたのなら、それはおかしいのではないか……

前世で、彼になぜ一般兵になったのかなんて尋ねたことはなかった。

傅《かしず》かれたり、貴族様扱いされることがあまり好きではないケルケイロである。

だから、彼が一般兵になった理由は、他人からあまり貴族扱いされないような、そんな場所を求めたためだと思っていた。

しかし、今のケルケイロを見ていると、そういった理由で兵士になるようには思えない。

では、なぜ……と聞いてみたかった。

とはいえ、目の前のケルケイロに将来一般兵になるつもりがあるかも分からないし、そもそも俺はまだケルケイロが大貴族の息子であるという事実を知らないことになっている。

今の時点で、彼はまだそれほど俺に心を許してはいないようで――まぁ、会ってまだ数十分だから当然だ――自分が貴族である、ということを直接告白はしていない。

先ほど自分の名字について少し言及したが、俺が無反応で敬語も使わないことから、フィニクス公爵家の名を知らないものと理解したようだ。

貴族家をよく知らない平民は珍しくないから、彼がそう考えたのも無理はないだろう。

そもそも俺は、前世の知識があるから彼が公爵家の人間だと知っているだけで、今世でフィニクス家について誰かから詳しく聞いたわけではないのだ。

魔法学院の最終学年で主要貴族の概説が必修授業としてあるようだが、それを今三年生の俺が受けているはずがない。

ケルケイロは先ほどからずっと、貴族の丁寧な口調ではなく、平民のような砕けた口調で俺に語りかけている。そのことからも、彼は俺に気づかれていないと思っているのだろうと分かった。

昔、出会ったばかりの頃のケルケイロは、まさにこんな感じだったのを思い出す。

ケルケイロは結局のところ貴族であるから、口調からどことなく品のようなものが滲《にじ》み出てしまう。それを本人も自覚していたようで、だからこそ普段は出来るだけ砕けた言葉遣いをして、貴族の雰囲気を隠そうとしている節があった。

今、ケルケイロが俺に語りかける言葉遣いも、まさにそれだ。

慣れていくにつれ、彼の話しやすい――若干の品の残った口調で話すようになっていったのだが、今の彼はまだ品を隠そうとする喋《しゃべ》り方である。

別に分かってるから構わないと言うのは簡単だし、今ここでケルケイロとだけ話している分には問題ない。

しかし、いつかどこかで貴族としての彼と出会ったときに、互いに砕けた口調で会話をするわけにはいかない。

昔は、軍の中だったし、ケルケイロも軍人としては俺と同じ階級である、という言い訳ができた。

それに、戦時中だった当時は、貴族も平民も関係なくなっていたのだ。

けれど、今はそうではない。今のような平和な時代には、しっかりと身分制は生きていて、形式ばったものとしか感じられなくとも、守らなければならない規律がある。

だから、ケルケイロとどう話したらいいのか、というのは意外と難しい問題なのだ。

俺は、いずれ何か思いつくまで、とりあえずこの問題を放置しておこうと思った。

今なら、俺はケルケイロの身分を知らないことになっているのだから、敬語など使わずとも問題ないだろう。

あとで咎《とが》められても知らぬ存ぜぬで通せばいいし、そのときはケルケイロも一緒に弁明してくれるだろう。それくらいには、俺は今のケルケイロも信じられる。

あの頃とほとんど同じと思ってしまうほど、ケルケイロの性格は変わっていない。

確かに少し幼いところはあるが、それでも彼の本質はこのときから完成していたのだと改めて思った。

こいつを、俺は今回は絶対に死なせない。

今までもこれからも、誰も知らないし知りようのないことだが、ケルケイロの楽しそうな顔を見ながら、俺はこのとき心の中でそう固く決意したのだった。

◆◇◆◇◆

「じゃ、また食堂でな、ジョン」

「おう……また。ケルケイロ」

変わった魔法学院生の少年に手を振りながら、ケルケイロ・マルキオーニ・フィニクスは砦の中の廊下を自室に向かって歩き始めた。

ケルケイロの部屋とジョンの部屋とでは、身分差を反映してその場所と広さが異なる。

ジョンの部屋は砦の兵士たちと同じ区画に、同じく小さなサイズで設けられているものだったが、ケルケイロに与えられた部屋はまさに貴族用としか表現できないものであった。

大きな扉を開き、ケルケイロが部屋の中に入ると、様々な調度品が目に飛び込んでくる。

ジョンたちが見たらまず一言目に、これは差別であると叫ぶような豪華な内装だった。

もちろん、貴族と平民なのだから完全な差別、もとい区別ではある。しかし、仮にケルケイロが、この部屋とジョンたちの使っている二人部屋のどちらか選択するように言われた場合、おそらく彼は後者を選ぶだろう。

ケルケイロが広い部屋を使っているのは自分が望んだからではなく、ここに来たらこの部屋があてがわれたからという、ただそれだけの話だ。

「ケルケイロ様！　どこに行ってらしたのですか!?」

部屋に入ると同時に、物音を聞きつけたケルケイロの友人——フランダ・クレメンティが慌てて隣の部屋からやって来た。

彼——フランダはクレメンティ子爵家の長子であり、ケルケイロの父ロドルフに、数年前のパーティで紹介されて以来の友人である。あまり活発ではない、どちらかといえば家の中で本を読んでいたいというような、気弱そうな顔立ちをしている。しかし、意外にも言うべきことははっきりと言うし、少し説教臭いところがあるもののケルケイロ相手にも物怖じしない。

ケルケイロは彼のそんなところが気に入ってずっと仲良くしている。

今回の魔の森の砦への訪問でも、フランダについて来てもらっていた。

ケルケイロはフランダの顔を見るなり、機嫌が良さそうに話し始める。

「おい、面白い奴がいたぞ」

ケルケイロは、砦の屋上で出会ったジョンの話をした。

しばらくの間、フランダは怪訝《けげん》な顔をして聞いていたが、それがどうやら真実らしいということが分かると、表情を硬くする。

「……平民に少々礼儀を教えてくる必要があるようです。ケルケイロ様。少しばかり出かけて参りますので、申し訳ございませんが、食堂へは一人で向かわれますよう、お願い申し上げます」

そう言って部屋を飛び出していこうとしたので、ケルケイロは慌ててその肩を引っ掴《つか》んで止めた。

「ちょ、ちょっと待て！　お前、今何をしようと……」

ケルケイロの質問にきょとんとしたフランダは、何を当然のことを聞くのかという口調で、ケルケイロの質問に答える。

「何をって、今申し上げましたでしょう？　ケルケイロ様に無礼な口をきいたそのジョンという平民に教育的指導をですね……」

「ばっ、やめろっての。そもそも、そいつは俺が貴族だって知らねえんだって！　無罪だ、無罪！」

「……ケルケイロ様のご身分を、知らない？　なぜですか？　まさか……」

そこで言葉を切って、責めるような目つきでケルケイロを見るフランダ。

そんな彼の態度に耐えきれなくなったケルケイロは申し訳なさそうに肩を落として、正直に言った。

「……あぁ。名前は名乗ったが、身分は黙ってた……」

「ケルケイロ様。それは感心できませんよ。ケルケイロ様はそれでよろしいかもしれませんが、相手の平民が、もし改まった場所でケルケイロ様に対して不敬な口を聞いた場合、困るのはその平民なのです。叱責を受ける程度ならよいでしょうが、場合によっては打ち首になる可能性もございます」

フランダの言葉は事実であり、今回のことは明らかにケルケイロに落ち度があった。

本来ならケルケイロははっきりと自分の身分を告げ、それに相応しい振る舞いをし、そしてそれを相手にも求めるべきだった。そうすることで貴族としての威厳を保ち、ひいては相手に身分という剥《む》き出しの刃から身を守る手段を与えるべきだったのだ。

それなのに、ケルケイロはその義務を怠り、ただ自分の気分がいいからと身分も告げずに、あの少年を危険にさらしてしまった。

それを、フランダは責めている。反論の余地はなく、ぐうの音も出ないほどフランダが正しかった。

「そうだな……分かってる。次に会ったときは、はっきりと身分を言っておくよ」

「ええ、それがよろしいでしょう。……私とて、ケルケイロ様のその飾らない性格は好ましいと思いますよ。ただ……時と場所を選んだ方がいいと思っているだけで……」

少し視線を伏せて、フランダはそう言った。

自分より遥かに上位の貴族であるケルケイロに対して、あまりにも僭越《せんえつ》であると感じたのだろう。

しかし、ケルケイロも彼の言いたいことは分かっている。

おそらくだが、しっかりと身分を告げ、さらにそれを理解したうえで、先ほどの少年がケルケイロに敬語を使わずに親しげに話しかけたのなら、フランダもここまでは言わなかっただろう。ただジョンのもとに行って軽く叱責し、改まった場所ではそのような行為は控えるように、と説明を付け加えたはずだ。

けれど、今回はそうではなかった。だから、彼は怒った。ただそれだけなのだ。

ケルケイロは少ししょげたフランダの肩を軽く叩き、それから外に闇の帳《とばり》が下りているのを確認して言う。

「……ま、次から注意するから許してくれよ。そろそろ飯だ。あんまりぷりぷりしてると食欲もなくなるぜ？」

そんな冗談染みた彼の言葉に、フランダはぷっと笑い、それから口を開いた。

「それもそうですね……では、食堂に参りましょうか。その不敬な平民の顔も拝んでやりたいところです。それに……」

「それに？」

「もしかしたらその人は、あなたの身分を知っても、動じない人かもしれません」

にやり、と笑ってそんなことを言うフランダ。

「はっはっは」

ケルケイロは、そんな奴いるはずがないと思って、笑ったのだった。

第7話　おかしな平民

「今日は新たな仲間がこの砦にやってきた……魔法学院からの研修生ということだが、彼らは既に狂山羊《インサニアム・カペル》を相手にその実力と勇気を示している。料理長からの伝言だが、今日はそんな彼らの歓迎会も兼ねて、夕食をいつもより豪華にしたとのことだ。腹いっぱい食って英気を養え！　魔物どもから国を守れ！　乾杯！」

大勢の砦の兵士たちで賑わう食堂の中、夕食の席で上座に立ち、そう言ってジョッキを掲げたのは砦の最高責任者であるロレンツォ・モスカ准将《じゅんしょう》だ。

乾杯の合図の直後、その場にいる兵士全員がジョッキを合わせる音が部屋に響き、食事が始まった。

魔法学院の研修生にとって、この砦の兵士たちは皆上司に当たるのだから、俺たちの席はてっきり一番下座に用意されるものかと思っていた。

けれど、実際は俺たちの席はかなり上座に近い位置にとられており、俺たちよりも上座の席にいるのは大隊長以上の階級の者たちと、ケルケイロたちだけである。

同じテーブルを囲むのは中隊長に当たる者たちとエリスであり、俺たちの扱いの良さがよく分かる。

なぜなのか、とエリスに聞いてみると、彼女は苦笑した。

「あんたたちの立場は微妙だから……いずれ、エリートとしてどんどん出世していって、ここにいる奴らほぼ全員の階級を抜き去っていくことが確定しているんだからね。つまりはそういう奴らを下座にはおけないし、かといって砦の責任者よりも上位に置くわけにもいかないだろう？　だから大体この辺だろう、っていう微妙な気遣いだよ。分かっておくれ」

今後、俺たちがどこまで出世するかは分からない。

准将《じゅんしょう》まで出世する者はなかなかいないだろうが、中隊長までならおそらくほぼ全員が辿《たど》り着くだろう。

魔法が使える知識階級というのはそれだけ重視されており、また現実としてかなり有用な戦力なのだ。

そう考えると、この席はちょうどいいような気もする。

ただ、そんな気遣いをさせてしまったことに心苦しさを感じないでもないが、軍というのは良くも悪くも階級社会なのである。こういうことは日常茶飯事で、慣れていくべきなのかもしれない。

「ま、それに、席なんて最初だけだからね。そのうちみんな歩き始めて好き勝手に移動するから、大して問題じゃないさ。流石《さすが》に大隊長以上の階級のテーブルにまで勝手に座るってことはないが……ほら」

そう言ってエリスが指さす方向を見てみると、確かに兵士たちはもう席を立ったり、椅子を移動したりしながら好き勝手に歓談している。

そして、確かに俺たちの座っているテーブルを境界にして上座側に行くことはない。

これがこの砦の流儀なのだろうということが分かって、なんとなく肩の力が抜けた。

堅苦しく食事をしなければならないのかもしれない、と思っていたからだ。

しかしそんなことは全くなさそうなので、俺はもう気にせず目の前に置かれた食事を貪《むさぼ》ることにした。

部屋の中央には大皿の料理がいくつも並べられているので、もし足りなくなったらあそこからお代わりすればいいだろう。あの量なら、どれだけ食べても大丈夫そうだ。

周りを見れば、魔法学院生たちはみな、同じようにばくばくと食べており、そこにあまりマナーというものは感じられない。そもそもが田舎の出である俺たちタロス村の者たち。トリスとフィーは比較的行儀よく食べているが、ノールは俺たちと変わらない。

兵士たちの食べ方もそんなに美しくもないし、別に問題はなさそうだ。気にせず、俺もがちゃがちゃと食べることにした。

ふと、ケルケイロたちのテーブルを見てみれば、大隊長以上の者たちと和やかに歓談しながらマナーよく食事をしている。

彼の隣に座っている貴族らしき少年もまた、同様だった。

食堂に二人で入って来たのを見たとき、この時期のケルケイロに友人がいたのかと少し驚いた。耳を澄ましてみると、ケルケイロはその少年のことを「フランダ」と呼んでおり、それを聞いて納得した。

確か、前世のケルケイロの友人の中に、そんな名前の者がいたはずだ。

何か問題があって友人関係ではなくなってしまった、という話を聞いた覚えがあるが、なんだったか。

しかし今、フランダを見ている限り、何か問題がありそうな少年には見えない。

ケルケイロとの仲も良さそうに思えるのだが……

そこまで考えたが、俺がここで悩んだからって答えの出る問題ではないと思い、考えるのはやめることにした。もし何かあったなら、いつか分かることだろう。

それからしばらく俺は食事に没頭していたのだが、ふと手元が翳《かげ》ったので振り返ると、そこにはケルケイロ――と、フランダが立って俺を見つめていた。

「……？」

二人は見ているだけで何も言わないので、俺は首を傾げる。

すると、ケルケイロが言った。

「あのなぁ……ジョン、話があるんだが――俺、フィニクス家の……公爵家の跡取り息子なんだ」

一体何を言う気なのだろう、と思って身構えていたら、身分の話だった。

「なんだ、そんなことか。初めから分かってるぞ」と言おうと思ったが、しかしこの場で言うわけにはいかないのだと気づき、別の返答をする。

「……あぁ、そうでしたか。そうとは知らず、ご無礼をはたらき……その、誠に申し訳――」

ございません、まで言おうとしたら、なぜかケルケイロは顔を歪めてがっかりとした顔でこちらを見つめ、それから食堂の入口へと向かって歩き出す。

「なんだ、どうした、らしくないな」と言いかけたが、ここは人前である。

あの戦時中なら、もしくは同じ身分であった平兵士時代ならともかく、今のこの場は流石《さすが》に貴族相手に敬語なしで話しかけて許されるような環境ではない。

だからこそ、そういうわけにはいかなかったのだが――とそこまで考えて、もしかして、と俺は思った。

今のやりとりを客観的に見たら、ケルケイロが公爵家の跡取りだと聞いた途端に、俺が敬語を使って遜《へりくだ》りだしたように見えるのではないか、と。

そうだとしたら、きっと彼はショックを受けたに違いない。

あの歪んだ表情が意味することは、そういうことなのだろう。

俺は慌ててケルケイロを追いかけるべく、立ち上がった。

「どうした？」

エリスに尋ねられ、俺は言った。

「いや、ちょっと誤解を解きに」

そう言うとエリスに不思議そうな顔をされたが、特に止められもしなかったので、そのまま俺は食堂を出て行った。

◆◇◆◇◆

食堂を出たのはいいが、一体ケルケイロはどこに行ったのだろうか。自室に戻ったのだろうか。

ケルケイロは、屋上で話していたときに、自分たちの部屋は俺たちの部屋とは正反対の方角にあると言っていたが……

そう考えながら、ケルケイロの部屋があると思われる方へと走ったのだが、途中、屋上に上る階段の手前にフランダが立っているのが見えた。

彼なら、ケルケイロの行き先を知っているかもしれない。

そう思った俺は、彼に話しかけて尋ねてみることにする。

フランダは勿論《もちろん》貴族であるから、敬語で話しかけなければならない。

失礼にならないように、俺は彼に尋ねる。

「申し訳ありません……つかぬことを伺いますが、ケルケイロ様はどこにいらっしゃるでしょうか？」

そんな俺の声に気づいたフランダは不機嫌そうに振り返り、俺の顔を見て更に顔をしかめた。

「なぜ僕が貴様にそんなことを教えなければならない」

「それは……」

なぜ、と聞かれると答えにくいのだが、俺が何かを言う前にフランダが畳み掛けるように言った。

「ケルケイロ様はな、貴様と話したことを楽しそうに僕に語ってくれたのだ……」

「はぁ……」

「それを貴様は、先ほどの食堂での会話で台無しにしてくれた……そんな貴様になぜ、僕がケルケイロ様の居場所を教えなければならないのだ？　答えてみろ」

つまり、フランダはケルケイロを気遣い、さらに彼を傷つけるようなことにならないように、俺に彼の居場所を教えたくないというのだろう。

俺はその言葉に意外なものを感じた。

彼と話していて思い出したのだが、確か、前世においてフランダの父親はケルケイロの父親に借金をしており、その縁で息子同士は嫌々付き合っているという関係だったはずだ。

それならばケルケイロが傷つこうがなんだろうが気にすることはなさそうだが、意外にも目の前のフランダは、真実の友人としてケルケイロを気遣っているのだ。

俺はそれを理解して、フランダにその場しのぎの言葉を言うわけにはいかないと、深呼吸してから口を開いた。

「ケルケイロ様は……貴族でしょう？」

「あぁ」

不機嫌そうな声で、明後日の方向を見ながら相槌《あいづち》を打つフランダ。

こっちを見ろと言いたくなる態度である。

しかし相槌《あいづち》を打っているということは、話は聞いてくれているということだろうと安心し、俺は続ける。

「だからさきほど、私は、人前で不敬な態度をとれば、ケルケイロ様と私の双方に不都合があると考え、ああいった態度で会話しました」

それを聞いてフランダは顔を上げ、どことなく不思議そうな目で俺を見つめてきた。

そして少し考えてから、彼は言った。

「待て……それはつまり、あれか。お前は、ああいった場でなければ、ケルケイロ様に対して別の対応をしたということか？」

「そういうことになりますね」

「それは……どういう態度だ？」

「どういう……と言われましても、なんと言いますか、同年代の友人に接するような態度、でございましょうか」

そう言ったときの彼の顔は見物だった。

まるでどこかの秘境で極彩色の珍獣を目にしたかのような顔をしていて、俺は噴き出しそうになる。

しかしここで笑っては台無しだろうと思って、俺は必死に耐えた。

けれど、そんな努力をしても俺の顔は明らかに笑いを堪えているように見えたようだ。

フランダが、責めるように口をとがらせて言う。

「……別に笑いたくば笑え。……ふん、そうか。お前は、ケルケイロ様にそんな態度をとるつもりだったか……この不敬な平民め」

しかし、選んだ単語とは裏腹に、彼の口ぶりに咎《とが》めるような気持ちは込められていない。

むしろ、優しげで、柔らかな口調だった。

俺はその反応を、ケルケイロに対して友人のように接することを許容してくれたのだと解釈する。

だからそれを実行に移すために、聞いた。

「不敬でも構いませんよ。……彼が、ケルケイロ様が求めているのは、そういう平民だと思いますから。フランダ様。ケルケイロ様の居場所を教えて頂けますか？」

俺の言葉に、フランダはため息をついて言う。

「……まぁ、いいだろう。しかし一つ条件がある」

まさかそんなものがつけられるとは思わず、俺は少し驚いた。

しかし、思いやり深い性格と見て取れる少年だ。そんなに無茶は言わないだろうと思い、俺は頷いた。

するとフランダは言った。

「ケルケイロ様に敬語を使わずに僕に対して使う、というのではおかしいだろう。人前ではともかく、僕に対しても同じように話せ。それが条件だ」

「……それは、よろしいので？」

まさかこの時代の貴族にそんなことを要求されるとは思わなかった。俺は、おそらく客観的に見たら狐につままれたような、妙な表情をしていたことだろう。

フランダは俺の顔を見てにやりと笑った。

「ふっ……仕返しができたようだな。僕ばかり驚かされていては対等ではない……」

「……私は担がれたのですか？」

「あぁ……少し驚かせてやろうと思った。だが、俺に対する態度については先ほど言った通りにしてくれ。ケルケイロ様に敬語を使わないのに、俺に対しては敬語、などというのは問題だ……分かったな……ジョン」

呼ばれて、そういえばフランダは俺の名前をケルケイロからしっかり聞いていたか、と思う。

俺は彼の名前を知っているが、盗み聞きしたことだ。

本人に名乗ってもらった方がいいと思い、敬語を使わずに尋ねてみることにした。

「……あぁ、分かった。それで、あんたの名前は？」

彼は自分で言い出したことなのに、本当に俺が対等の口調で尋ねたものだから驚いたらしい。

フランダは目を見開きつつも、頷いて答える。

「あ、あぁ……なんだ、本当に全く躊躇《ちゅうちょ》しないのだな。ケルケイロ様の言った通り、面白い奴だ……僕は、僕の名前はフランダ・クレメンティ。クレメンティ子爵家の長子だ。ケルケイロ様の……友人でもある。ケルケイロ様は屋上にいる……あの方は多分落ち込んでおられるからな。頼んだぞ、ジョン」

「あぁ、分かった。じゃあ、また後でな、フランダ」

そう言って、俺はその場を後にする。

フランダは階段を上っていく俺を見つめていたが、追ってくることはなかった。

ただその場を立ち去る気配もなかったから、階段の下で他の者が来ないか見張ってくれる気なのだろう。

気が利く奴だ、と思いながら、俺は屋上へ——ケルケイロのもとへと急いだ。

第8話　砦の屋上で

砦の屋上に出ると、夕方までとは異なり、刺すような冷たい空気が容赦なく襲ってくる。

月が煌々と照らす森から夜気に乗って生木の香りが漂ってくるほど、魔の森との距離の近さを感じられる砦の屋上。そこから続く壁の上には、ぽつりぽつりと灯りが見えた。

おそらくは夜の見張り番をしている兵士たちなのだろう。

魔の森に棲む魔物は昼間ばかり蠢《うごめ》くのではない。

むしろ夜をこそ、主要な活動時間とする魔物たちがたくさんいる。当然、人間の事情などお構いなしに、砦を破壊しにやってくる魔物もいるのだ。

そういう奴らから砦を、ひいては国を守るために、この砦の兵士たちは存在する。

強く、誇り高き魔の森の砦の兵士たち。

国を守るというその決意は、これからも薄れることなく、確実に守られることになる。

たとえ、その相手が魔物よりも強力な魔族であろうとも……

ぼんやりとそんなことを思いながら屋上を歩いていくと、なんとなく見覚えのある後ろ姿があった。ただし、あの頃よりは幾分かスケールダウンしていて、まるで人形のようにも見える。

あと数年も経てば、俺が良く知っている後ろ姿になっていくのだろうが、今はまだその背中は小さかった。

ただ、それでもその髪のなびき方も、背中の曲げ方も、そして前をじっと見据えて何かを考え込む癖も、まるきり変わっていない。

――あぁ、やっぱりこいつは、ケルケイロなのだな。

そんな風に、このとき俺は深く感じたのだった。

◆◇◆◇◆

「おい……」

背後から、声をかけてみる。

しかし、物思いにふけるケルケイロの耳に、俺の声は届いていないらしい。

仕方なく、その肩を掴《つか》んで揺すりながらもう一度言った。

「おい、ケルケイロ」

そうして振り返ったとき、ケルケイロは誰に話しかけられたのか分かっていない様子だった。

夜の闇の中、月の僅《わず》かな光を頼りに確認して、その相手が俺なのだと気づいたとき、ケルケイロの顔は、まるで狐に摘まれたかのような妙なものに変わったので、俺はつい噴き出してしまった。

そんな俺の様子を見たケルケイロは、世にも情けない顔をして、口を尖らせて文句を言った。

「なんで……なんで笑うんだ！　俺は……俺はなぁ！」

あまりに必死な様子で、どことなく泣き出しそうな声だった。

それで俺は、ケルケイロが随分ショックを受けていたのだと改めて理解する。

前世では、友人がいないということを自虐的に笑えるくらいだったケルケイロだが、よくよく考えれば、あの頃とは年齢も違う。

それに、今のケルケイロにはまだフランダという友人がいる。

裏切られた経験も、あの頃のケルケイロに比べてはるかに少ないに違いない。

そんな状態で起こった出来事だったことを考えれば、ケルケイロのショックが大きかったのも分かる。

だから俺はケルケイロに改めて言うことにした。

「あぁ……分かってるよ。敬語使われてショックだったんだろ？　悪かったよ」

素直に謝った。

ケルケイロからしてみれば、予想外だったようだ。言葉に詰まり、目を泳がせている。

そして結局、何か言うことを諦めたらしく、肩の力を抜いて溜息を吐いた。

「悪かったって……お前なぁ……はぁ。もういいよ」

どうやら許してくれたらしい。俺はケルケイロの隣に行き、彼が先ほどまで見つめていた魔の森を見た。

月明かりがわずかに届く暗い緑の先には、本当の暗黒があった。

その中には何も見えないが、俺の目が捉えられないだけで数多くの魔物がいることだろう。

研修生として来た以上、そのうちあそこにも入らなければならないのだなと思い、少し震える。

そんなことを考えていると、ケルケイロに質問された。

「なぁジョン、お前……さっきなんであんな態度だったんだ？」

さっき、とは間違いなく食堂でのことを言っているのだろう。

そんなことくらい聞かなくても分かるだろうに……と思ったが、今のケルケイロの考え方や感じ方は俺の覚えている彼より幼いのだということを思い出して、しっかりと説明しておくことにする。

「そりゃあ、お前はフィニクス公爵家の御曹司様なんだろう？　あんな大勢の兵士の前で俺みたいな平民がお前と対等な口を聞いてみろよ。ほんの数秒も経たないうちに、ぶん殴られるか、下手すりゃ打ち首だぞ」

俺が実際に馴れ馴れしい態度をとっていたら、おそらくはそれに近い事態になっていただろう。

あの場にいたのはエリスのような大らかな考えの者ばかりではないし、砦の責任者だって、貴族に対して友人のように接する者をそう簡単に見逃すことはできないはずだ。

最低でも身柄を拘束されて牢に送られるだろうことは想像に難《かた》くない。

俺の口調がおどけるようなものだったからか、ケルケイロはあまり深刻には受け取らずに、一瞬だけ、ふっと笑った。

「いや、流石《さすが》にそこまでは……って、そう考える俺がだめなんだろうな。フランダ――さっきまで俺と一緒にいたやつな――あいつにも言われたよ。貴族が平民と対等に口なんかきいてたら、その平民の方が困るからやめろって。まぁ……確かにそうなんだろうけどさ。俺には正直よく分かんないんだ。生まれが違うだけで、貴族だろうが平民だろうが何も変わんないだろう。なのにさ……」

ケルケイロが口にしたのは、つまりは身分制に対する疑問だった。

それは非常に純粋なもので、その疑問に共感する者もいるだろう。

ただ、普通はそんな疑問など抱かない。

なぜなら、それはそういうものだと言われて人は育っていくもので、自分の周りにもその常識を疑う者などほとんど存在しないからだ。

貴族は偉いし、なかでも王様は一番偉い。それが一般的な平民の考え方、価値観というものであり、貴族だってその考えは同じである。

ただ、たまに、この身分制について考え込んでしまう人間がいる。平民であれば、そのうち打ち首になって終わるが、貴族がこの疑問にとらわれると抜け出すのは難しい。

いずれにせよ、今の王国に身分制が必要なのは事実なのだ。命令を下す人間が存在し、それに従う人間がいる。そういう制度によって、この国は回っているのだから。

あの魔族との戦争が始まる前、俺と出会った頃のケルケイロが身分制についてどう考えていたかは、今となっては分からない。

ただ、俺のような平民と友人になり、自らの身分を疎《うと》んではいたが、それと同時に身分制が必要であるということも理解していた節はあった。

たぶん、目の前のケルケイロは、そこに至る途中なのだろう。

理想と現実との折り合いをつけようと努力している――そんなところだ。

そのために、彼にどんな出来事が必要だったのかは、俺には分からない。

ただ、今からでも彼の力になれるのなら、なろうと思った。

俺は彼に何度も助けられた恩があるのだから。

「ケルケイロ」

「……なんだ」

「俺はあんまり貴族って奴は好きじゃないけどさ」

「あぁ」

「たとえば、俺が軍に所属したときに、お前が軍の先鋒に立って将軍として戦ってくれたら、ついて行こうって、勝たせてやろうって思うぞ」

貴族は戦争のとき、一軍を率いて戦うものだ。

ケルケイロも、いずれ自分もそういう立場になるだろうとは漠然と考えているはず。

そう思っての言葉だった。

俺に言われて、ケルケイロは不思議そうな顔をし、それから少しだけ考える。

「……貴族の役割はそういうところにあるっていうのか？」

「別にそれだけじゃないだろうが、優れた指揮能力を持っていて尊敬できる領主だったら、俺たち平民は安心して命を任せられるだろうってことさ。それともお前は、領民から搾取して私腹を肥やすタイプにでもなるつもりか？」

　そう尋ねると、ケルケイロは心外そうな顔をした。

「そんなわけないだろ！」

「じゃあ、いいじゃないか。悩まなくても……何かあったときには、誰かが人を率いて戦わなきゃならない。それを担う奴が初めから決まってるのは、分かりやすいだろう。普段、豪華な暮らしが出来るのはその恩恵だと思っておけばいいんじゃないか」

　これは一面では真実だが、他の面から見れば詭弁《きべん》であるともいえるだろう。

　ただ、少なくとも未来を知っている俺にとって、これは明確な事実だ。

　これから起こるであろう魔族との戦いを前にして、国家体制を変えるような大規模な改革を行い、その結果、国力が極端に下がるような事態は避けなければならない。

　魔族との戦いに勝った暁《あかつき》には、そのときこそ新たな理念を立てるなり何なりして、国のあり方を考え直してみるのもいいかもしれない。

　しかし、そんな暇は、今の俺たちにはないはずなのだ。

　だからこれでいいと、俺ははっきりと言える。

　ケルケイロは、そんな俺の言葉に説得力を感じたのか、少し考えて頷いた。

「……そうだな。今は、それくらいに考えておくことにするか」

　そして、表情を柔らげて話題を変える。

「そういえばジョン。お前、俺が公爵家の人間だっていつから分かってた？」

「いつからって……最初からだ。お前、自分で名乗ったことを忘れたのか？　言ってたじゃないか。ケルケイロ・マルキオーニ・フィニクスだ、って」

そう言うとケルケイロはがっくりと肩を落とした。

「だったら初めからそう言ってくれよ……食堂で、無駄に緊張しただろう……」

俺はそんなケルケイロに笑い、ただ、と前置きしてから言う。

「ま、俺は少し変わってる平民だからな。俺みたいに振る舞う奴は少ないと思った方がいいぞ。こんなこと、言わなくても分かってるだろうが」

「……分かってるよ。痛いほどな。今までも何回かこういうことはあったんだ……」

やはり、これ以前にも、他の人間に対して敬語を使わないように言ったりしていたようだ。

前のケルケイロもそうだったから、別にそれは不思議なことではない。

そして結果は当然、全員が彼に対して敬語を外すことはなかった、ということだ。

「はぁ……ジョンみたいな奴がたくさんいれば面白いんだがな」

ケルケイロの言葉に、いるわけないだろうと答えかけて、ふと思いつく。

そういえば俺の友人たちは、ある意味、「俺みたいな奴」に入るのではないだろうか。

前世でも、コウなんかは魔王討伐軍が出来てからは、ケルケイロに対して対等の口をきくようになっていたくらいだ。

あの頃には、平民も貴族もあまり関係なくなっていたし、軍組織ではコウは明確にケルケイロの上司だったから、というのもあったのかもしれないが、それでも敬語を使わないのは珍しかったといえる。

もっと下の貴族に対してならともかく、ケルケイロは公爵家の長男だ。他の貴族とは格が違い、あの時代においてもケルケイロは一目置かれていたのだ。

それでも、ケルケイロに対等の口をきいたコウ。

そして彼と同じような育ち方をした、タロス村出身の者たち。

さらには、異種族である二人に、俺に色々毒されているノールなど、ケルケイロに対等の口をきく素質のある者は、俺の周りにたくさんいそうだ。

「俺みたいなのって言っていいかは分からないが、ケルケイロ。お前が別にいいって言ったら素直に対等の口をききそうなやつらには心当たりがあるぞ」

すると、ケルケイロは目を輝かせた。

「なにっ⁉　だれだ！　教えろ！」

詰め寄ってくるケルケイロに、俺は笑って言う。

「今回俺と一緒に来た魔法学院生たちだよ……ま、貴族は一人もいないんだが、気のいいやつらだ」

それを聞くと、ケルケイロは疑わしそうな目で尋ねる。

「……本当か？　魔法学院生は確かに生徒同士での身分差はないものとして扱われると聞くから、可能性はありそうだが……魔法学院生でない貴族に対しては敬語じゃないとダメなことくらい、理解してるだろ？」

「そりゃあな。ただ……なんていうかな、変わった奴らなんだよ。まぁ、いいから一度会ってみるといい。ちょうど明日、俺たち全員で砦の訓練に参加するんだ。ケルケイロたちも参加するって聞いたぞ……本当か？」

「あぁ……色々あってな。しっかり訓練には出るぞ。もちろん、貴族としての扱いなんて望んでない」

「なら、決まりだ。まぁ……兵士たちの目があるところではみんな気を遣うと思うが、そうじゃなければ遠慮なんてしないだろうから、覚悟しておけ」

「……本当かよ……」

結局最後までケルケイロは疑わしそうな目をしていたが、それでも一応楽しみなようだ。

それからしばらく雑談をして、ケルケイロと俺は砦に戻っていく。

部屋に戻るとノールがいて、食堂が閉まったことを伝えてくれた。

俺は明日の訓練を楽しみにして、その日は眠ったのだった。

第9話　貴族からのお誘い

次の日、俺たち魔法学院生、それにケルケイロとフランダの貴族二人は、揃《そろ》って魔の森の砦の訓練に参加した。

その内容に、特に変わったところはない。

ケルケイロたち貴族二人はさすがに別メニューだったが、俺たち魔法学院生には特別メニューが組まれるということもなく、ただひたすら砦の者たちがいつもやっている訓練を同じようにこなしただけである。俺たちは基本的に魔術師であるから、訓練内容は砦の魔術師のものをベースに行われた。

魔術師とはいっても、体力がなければ魔の森の砦ではやっていけないと言われ、走り込みは兵士と一緒にやった。その後は休みなく基礎的な魔術を指定された場所に正確に打ち込む訓練を行い、もう限界だと思った状態でさらに走り込みをする……

そんな地獄のような訓練。

グラハム曹長《そうちょう》は、確かにエリスの言うように鬼であった。

そんな訓練を続けて昼を過ぎた頃、グラハム曹長《そうちょう》から昼食を食べるために食堂に向かうように言われた。

こんな状態で飯など食えるかと思ったのだが、他の先輩兵士たちに「気持ちは分かるが、食っておけ。じゃないと死ぬぞ」と言われては、食堂に向かわないわけにはいかない。

その言葉の意味を深くは考えなかったが、確かにこれだけ運動したのに何も食べないでいると徐々に弱っていくだろうから、言われた通りに食堂に向かうことにする。

その際、疲れて倒れ込んでいる仲間を一人一人起こしたのだが、誰も言葉を発する気力も残っていないようで、ただ視線で「分かった、行くよ、行けばいいんだろ」と告げていた。


昼食は食事を取る時間帯が夕食よりもずれやすいのか、夕食のように上座下座の別なく、兵士たちは好きなところに座って食事を取っていた。

ケルケイロとフランダは俺たちより先に砦に来ていたため、そのことには慣れているようだ。

彼らはどこに座るのか、と思っていると、迷わず俺たちと同じテーブルについた。いいのか、と視線で聞くと二人とも頷いたので、気にしないでいいのだろう。

俺は平気だが、他のみんなはケルケイロたちの人柄を知らないため、なぜ貴族がわざわざ自分たちと同じテーブルにつくのか、と不思議そうに見ている。

俺がみんなの方を向いて頷くと、あぁ、またジョンがよく分からないことをしたせいなのか、と感じ取ってくれ、それからは特に気にせずにいてくれた。

その様子を見て驚いたケルケイロとフランダに、俺はにやりと笑った。

「まぁ、こういう奴らなんですよ。期待できそうでしょう？」

あえて敬語で言ったのは、食堂には他の兵士がたくさんいるためである。

その事情は彼らももう分かっていることなので特に何も言わず、俺の言葉に頷いていた。

それからケルケイロは感慨深い顔で、しみじみと呟く。

「……ジョンの友達は変なのが多いんだな」

「そうですね……あなた方もその一員ですよ」

最後の方を囁《ささや》く様な声で言うと、二人は笑って頷き、食事を始めたのだった。

とりあえず顔合わせ、というくらいの気持ちで二人は一緒のテーブルに座ったらしい。

全員が疲労の極致に達していたため、結局貴族二人と魔法学院生組とはその場で直接の会話はしなかったが、そのうち機会もあるだろう。

しばらくして食事を終え、俺たちは次の予定にとりかかることになった。

◆◇◆◇◆

あの程度で地獄などというのは甘かった。

そう俺たちが確信したのは、食事が終わったあと、一緒に訓練していた兵士の一人が「じゃあ、訓練に戻るか」と言ったときのことだった。

訓練は午前中で終わりではなかったのか。

そう聞いてみると、兵士はケロリとした顔で答える。

「あぁ……終わりの奴もいるが、そうじゃない奴もいるぞ。お前らは終わりじゃないな……言われてなかったのか？」

全くそんな話は聞いていない。

しかし、彼は続けた。

「じゃあ、午後は何をすると思ってたんだ？」

言われてみると、午後の予定など特に何も言われていない。

……つまり、あれか。

今日は一日訓練であると、そういうことだったのかとそのとき初めて気づいた俺たちは、これから始まる新たなる地獄にうめき声を上げた。


訓練場に戻ってみると、グラハム曹長《そうちょう》は俺たちに別の訓練を言いつけた。

魔術師としての訓練のみならず、兵士としての訓練をこれからやってもらうと、そう言ったのだ。

この魔の森の砦では、普段は魔術師と兵士とに分かれて別のメニューをこなし、たまに合同で訓練を行うらしい。

俺たちが午前中していたのは魔術師としての訓練だ。そして、午後は兵士としての訓練をしろと言う。

どちらか片方だけの訓練なら、午前中だけ、もしくは午後だけで終えることが出来るのだが、両方こなせと言われると一日中かかってしまう。だから、俺たちは今日一日、訓練なのだ。

さらに、グラハム曹長《そうちょう》は追い打ちをかける。

「お主らはあれじゃぞ。しっかりと使えるようになるまではずっと毎日一日中訓練じゃぞ。……いつか、魔の森に行けるといいなぁ？」

そう言って、にやりと笑った。

それはたった半日の訓練で疲労困憊《こんぱい》している俺たちにとって、死刑宣告に等しい言葉だ。

つい抗議したくなるが、俺にははっきり分かっている。

今の俺たちでは――俺は大丈夫かもしれないが――魔の森に行くのは相当危険だろうということが。

だからグラハム曹長《そうちょう》の言葉は残念ながら正しく、受け入れざるを得ない。

他の奴らも、辛い訓練にはタロス村での日々で慣れているということもあり、疲れ切ってはいるが、必要ならばと受け入れた。

それから、俺たちは延々と訓練を重ねた。

午前も午後も本質的な内容は変わらない。

午前の訓練は、基本的な魔術の扱い方、それを実戦で集団で運用する方法、魔の森に現れる魔物を念頭に置いた立ち回り方、という内容だった。

午後は魔術を剣や槍に変えて行っただけだ。

訓練の中で、グラハム曹長《そうちょう》はしきりに絶対に諦めてはならないと言い続けた。

どんなに辛かろうがなんだろうが、最後まであがけと。

そしてそれはむやみやたらに叩けということではなく、しっかりと考えて最善の道を常に探し続けろという意味だと。

間違いなく正しい考え方だと俺は思ったが、しかし実践するのは極めて難しいものだ。

人間、疲れるとどうしても頭の動きが鈍くなる。諦めも早くなり、もう自分は死ぬのだから、やけくそにやればそれでいいという気分になってくる。

それは自明であり、人間の習性だ。それに抗《あらが》えというのは、自然に逆らえと言われているのと同じことだ。川の流れを小さなスコップで変えてみろと言われても、それは無理だと言いたくなる。

けれど、グラハム曹長《そうちょう》はそれが可能だと考える人らしい。

そのためになら、どんな手段でも使ってみせるという気概が感じられる。

とても老人とは思えないような圧力が彼からは噴き出しており、なるほど確かに彼はエリスに鬼と呼ばれ、認められるだけの人物だなと思った。

◆◇◆◇◆

訓練は日が暮れるまで続いた。

終わったときには、全員がもうこれ以上は絶対に無理だと言い切れるくらいに疲れていて、立ち上がることすら難しそうな表情をしている。

俺はそんな彼らと比べればまだいくばくかの余裕があり、小さな頃からこつこつ頑張ってきた差が少し出たかと思った。

地べたに座りながら、悲鳴を上げる自分の身体を動かすことも出来ない俺たち。

そんな俺たちのもとに、二人の貴族が歩いてやってくる。

訓練を終えた兵士たちは既に砦の中に戻り、訓練場に残っているのは俺たちとグラハム曹長《そうちょう》ぐらいだった。

グラハム曹長《そうちょう》も離れた場所で兵士と会話しており、俺たちが会話しても聞こえないだろうというくらいには遠い。

ケルケイロたちはそれを見計らってきたのだろう。

「おい、お前ら、今いいか？」

ケルケイロがそう言ったので、全員がその金髪の貴族に注目した。

ケルケイロは十人の平民たちの視線にも全く怯《ひる》まずに笑って、首を傾げた。

どうだ、ということなのだろう。

俺が代表して答える。

「問題ない……ですよ」

敬語を使うべきかどうか迷ったが、まぁ一応使っておくことにした。

そんな俺の口調にケルケイロは少しだけ眉を顰《ひそ》めたが、大体俺の考えていることが分かったのだろう。

仕方がないと首を振り、それから俺たち全員に話を続けた。

「俺は、ケルケイロ。ケルケイロ・マルキオーニ・フィニクスって言う。フィニクス公爵家の長男でな。ちょっと色々あってこの砦に世話になってるんだ……ま、同じところで訓練してるのが目に入っただろうから、遊びとか道楽で来てるわけじゃないってことは分かるだろ？」

訓練中、彼ら貴族二人がエリスに直接教えられていたのは目に入っていた。

その訓練は俺たちがしていたものと比べて、貴族用に易しくなっているわけではなく、むしろ厳しいものになっていた。

だから、俺以外の魔法学院生たちも、少なくとも彼らが道楽でここに来ているというわけではないと理解しているようで、その目には、魔法学院の典型的道楽貴族を見るような侮《あなど》りや蔑《さげす》みの色はない。

けれど、なぜ自分たちに話しかけてきたのかは理解できない、という感じで、フィルが首を傾げて尋ねた。

「……お話は分かりますが、どうして僕たちに話しかけるのですか？　何かご不興を……？」

通常であれば、貴族が平民に話しかける理由としては、それが最も多い。

だからこそフィルはそう尋ねたのだろうが、ケルケイロは首を振って別の理由を語った。

「いや、全くそんなことはない。そうじゃなくて……ちょうど同じ時期に魔の森の砦にやってきたんだ。年も近いようだし……親睦でも深めないか、と思ってな」

「親睦……？」

不思議に思う声が、そこここから上がる。

ケルケイロは頷いて話を続ける。

「あぁ。そうさ。さっきも言った通り、俺は貴族だからな。砦に来るにあたって、結構な荷物を持ってきてる。その中に、俺一人じゃ消費しきれないような嗜好品があってな……無駄に高い菓子とか、飲み物とか。だからその消費を手伝ってくれないか？　あぁ、金を払えとかは勿論《もちろん》言わないぞ。ただ、一緒に飲み食いして……そうだな、俺と友人になってくれないか」

そうして、ケルケイロは本題を述べた。

その言葉に、俺以外の魔法学院生は困惑している。貴族がそんなことを言うなど、魔法学院でも考えられないからだろう。

俺も、戦争が始まるまでは、ケルケイロ以外の貴族にそんなことを言われた記憶はない。

それも当然で、身分制度というのはそんなに簡単に越えられる壁ではないのだ。

けれど、ケルケイロが掛け値なしに本気で友人になってほしいと言っていることは、彼の様子から理解できたようである。

不思議そうにしながらも、頷き、それから全員が俺の顔を見た。

自分たちはどちらでもいいから決定権はお前に譲る、とでも言いたげな顔である。

俺としてはありがたいが、それでいいのだろうか。

まぁいいかと思い、俺は勝手に決めさせてもらうことにした。

「俺としては構いませんよ。ただで美味いものを食べさせてくれると言うのなら、僥倖《ぎょうこう》以外の何ものでもないですからね……ついては、いつ、どこに行けば？」

するとケルケイロは頷いて言った。

「あぁ、今日の夕食後……そうだな、二時間くらいしたら俺の部屋に来てくれ。見張りの兵士にはおまえらが来たら通すように言っておく。じゃあ、頼んだぞ」

そう言って、ケルケイロはその場を去り、その後ろにフランダも続いて行った。

これから夕食だから、食堂に行ったのだろう。

その場に残された俺は、他の魔法学院生から質問攻めにあった。

なんとなく、俺とケルケイロが既にある程度知り合いになっているということは受け答えから理解できたらしい。

俺は素直に友人になったと告げると、みんな納得したような顔で頷いていたので、俺の方が驚いてしまった。

驚かないのかと聞くと、みんなに呆れ顔でこう言われた。

「……ジョンだしなぁ……」

俺はみんなからどういう目で見られているか、そこで改めて理解したのだった。

第10話　彼らの目的

その日の夜、ケルケイロの部屋をぞろぞろと十人で訪ねた。

ケルケイロとフランダは貴族であるから、彼らの親か、軍の上層部から丁重に扱えと言われているのだろう。彼らの部屋の前には一人の見張りの兵士がいて、俺たちを見て一瞬ぎょっとした。

砦の中とはいえ、あまり人が出歩かない時間帯である。

廊下の灯りは原始的な獣脂蝋燭《じゅうしろうそく》で、ゆらゆらと心もとなく、申し訳程度に照らしているだけだった。

そんな暗がりの中から十人もの人間がぞろぞろとやってきたのだから、兵士だって驚いたことだろう。

ただ、すぐに彼は、ケルケイロたちから聞いた話を思い出したらしい。

「あぁ、お前らか。話は聞いているよ。ノックとか要らないから好きに入れってよ。貴族にしては変わってるよな……」

そう言って、扉の前から退いた。

俺たちはその言葉に頷いて扉を開き、ケルケイロたちの部屋に入ったのだった。

◆◇◆◇◆

「広っ……!?」

誰が漏らしたか分からないが、中に入って全員がまず思ったのはそれだろう。

ケルケイロたちの——貴族用の部屋というのは、俺たちに与えられた部屋とは比較にならないくらいに広かった。

ケルケイロとフランダに加え、俺たち十人が入ってもまだまだ余裕があるくらいだ。

やっぱり貴族と平民との間の壁は高いなと思いつつ、まずは挨拶をするため、俺が代表して口を開いた。

「失礼します。ケルケイロ様、フランダ様。お呼びに従い、ジョン・セリアス以下九名、参りました」

精一杯の敬語であったが、ケルケイロは鼻で笑った。

「この部屋でしゃべったことは誰にも聞こえねぇよ。貴族用に防音設備も完璧らしくてな。扉の前にいる兵士にも全く会話は聞こえねぇ。だから安心して普通にしゃべっていいぞ、ジョン」

なんだ、敬語を使って損をした。

俺は、言われた通り対等の口調で会話をすることにする。

「なんだよ……だったら来る前に言ってくれ。歯が浮きそうだったぞ」

「食堂からずっと上手な敬語を披露してくれたじゃねぇか。今さらお前の歯が浮いたりはしねぇよ……っと、驚かせちまったか？」

ケルケイロが、俺の背後に立つ九人の魔法学院生たちの反応を見て苦笑した。

振り返ると、彼らはみな呆気にとられた顔をしていた。そして、どういうことか説明しろ、と俺に視線で尋ねてくる。

俺は頷いて彼らに言う。

「特に何もないぞ？　言っただろ。友達になったって」

「確かにそう言ってたけど……敬語は？　貴族の方を相手にその言葉遣いは……大丈夫なの？」

トリスは心配そうにケルケイロとフランダ、それに俺との間で視線を行き来させた。

その言葉に応えたのは、ケルケイロだ。

「問題ないぞ。むしろ俺はその方がうれしい。まぁ……俺以外の貴族相手にジョンみたいにしゃべるとまずいだろうが、俺はむしろ歓迎するぜ。フランダは？」

ケルケイロは、横に控えているフランダに顎《あご》をしゃくって尋ねた。

フランダはその言葉に頷く。

「僕も問題ありません……そこの不敬な平民——ジョンには、ケルケイロ様に敬語を使わないのであれば、僕に対しても使うべきでないと言ってあります」

言い方が少し嫌味なのは、ちょっとした冗談のつもりなのだろう。

その証拠に、フランダの表情に怒りやその他マイナスの感情は宿っていない。機嫌よさそうに微笑んでいて、彼自身も砕けた振る舞いはそれほど嫌ではないらしい。

「ま、そんなわけでだ。俺はお前たちにも、俺に対して敬語は使わないでほしいと思ってる。親睦を深める、というのはそういうつもりで言った。別に俺に対して敬語を使わなかったからといって、俺はお前たちを罰したりはしないし、不利に扱ったりするつもりもない。……ただ、普通の平民同士がそうするように、俺と友達になってほしい。望むのは、それだけなんだ」

そう言って、貴族にはあるまじきことに頭を下げた。

本当に貴族らしくない貴族である。

前世を通じてずっと思っていたことだが、今回もやはりそう思ってしまった。

ケルケイロの言葉に、魔法学院生たちは皆困惑していたが、その言葉や態度に嘘はないと確信した時点で、彼らも心を決めたようだった。

テッドが前に出て、言う。

「あー……貴族、の友達なんて持ったことはないが、よろしく頼む。魔法学院にも貴族はいたが、あんたみたいなのは初めてだ、ケルケイロ」

そう言って手を差し出した。

それからは全員が似たようなことを言って、ケルケイロやフランダと握手していく。

ここに俺たちの友人関係は結ばれたわけだ。

俺たちがあまりにも貴族に対して気さくに振る舞うものだから、フランダは危うさを感じたのだろう。

「……お前ら、周りに人がいるときは気をつけろよ？　場合によっては処罰される可能性があるからな」

そんな苦言らしき言葉を呟いていた。

みんなは、そんなことは分かっているとでも言わんばかりの表情で聞いていたが、フランダは本当に大丈夫なのかとしきりに気にしていた。

魔法学院組は、みんな要領のいいやつらだ。それくらいのことは守れるだろうと思うが、確かにほとんど初対面のフランダにしてみれば、心配なのだろう。フランダだって俺たちの性格もおいおい分かってくるだろうし、そのうち気にしなくなるはずだ。

心配し続けるフランダをよそに、ケルケイロが出してきた菓子や飲み物などをみんなで口にしながら、親睦を深めることになった。

かなり大量にあって、確かにこれでは彼ら二人だけで消費するのは難しそうだ。

領民の租税をまた随分と無駄遣いするものだ、という気もするが、ケルケイロの実家である公爵家の経済力からすれば些細なもので、無駄遣いというほどのものではないのだろう。

考えても仕方ないことだし、食べないとどうせ廃棄されて無駄になる。それではもったいないので、色々な引っ掛かりは気にしないことにして、滅多なことでは口にできない高級品の味を楽しんだのだった。

◆◇◆◇◆

「へぇ……魔法学院ってのはそんなこともやってるのか。迷宮は何度か行ったことあるが、全部護衛に守られてだったからなぁ……俺もそんな風にパーティ組んで行ってみたいぜ」

飲食をし始めてから三十分ほど経ったころには、すでに誰もが遠慮しなくなっていた。

ケルケイロやフランダに対する口調にこもっていた硬さもなくなり、もはや完全に同年代の友人に話しかけるかのようだ。

本来であれば問題になるはずだが、ケルケイロは新鮮で面白いらしく、ずっと機嫌よさそうに話している。

話は、大体がお互いに知らないことを教え合うようなもので、友人ではなく、貴族と平民という立場であっても、この交流には互いに意義深いものに思える。

ケルケイロからすると、平民や他種族が一体どのような生活をしているのかを直に本人たちの口から聞くことができる。疑問にも即座に実際の経験を交えて話してもらえるとなれば、いずれ領主になるだろう彼にとって有意義に違いない。

俺たちも貴族であるケルケイロの生活や、貴族が何を考えているのかを知ることには大きな意味があった。

魔法学院にも多くいる貴族たちの性格は、学院で過ごしていれば大体分かってくるが、その親たちが一体どのような関係なのかということまでは知りようがない。

コウなんかはどうにかして色々な情報を集めてくるが、不確定なものがほとんどである。今回のように、確実な情報源から詳しく聞くことができるというのは、貴重なことだ。

それに、ケルケイロは貴族の中でもほとんど最高峰に位置する大貴族である。

その知識には情報として万金の価値があることは間違いなかった。

もちろん、ケルケイロも公爵家の長子として話せないことはいくつもあり、そういったところに話題が及びそうなときは、さりげなく話を逸らしていた。

その話術は巧みで、やはりこいつはしっかりと貴族なのだなと思い知らされるが、それでも彼が会話それ自体を楽しんでいることは分かるので、不快な感じはしない。

それに、俺たちも彼が話したくなさそうな話題には踏み込まないように注意していて、それはケルケイロも理解しているようだった。

年の割に、みんな妙に色々考えながらの雑談だったが、ケルケイロはその生まれ故に、そして俺たちは魔法学院での生活の故に身についてしまった習性のようなものである。

しかし、それが会話の楽しさを半減させる、ということはなかった。

「でも、最初の迷宮探索は大変だったわよ……あとで聞かされたんだけど、課題の難易度も相当高く設定されていたみたいだったし、守護者《ボスモンスター》との戦いもあって……」

トリスが一年生のときの懐かしい思い出を語った。

ケルケイロが、へぇ、と頷きながら続きを促す。

「でも乗り越えたんだろ？」

「ええ。みんな頑張ったから。フィーもノールも、それにジョンもね。難しかっただけあって、達成感は大きかったし……それを考えると、確かにすごく楽しかったわね。今思い返せば、だけど」

確かに楽しかった。

あのあと、迷宮の水妖の泉で採取した水から創傷再生薬を作成したのだが、品質のいいものもいくつか出来たので、余計嬉しかったのを覚えている。

「いいなぁ……俺もそういう冒険をしてみたいもんだ」

ケルケイロがうらやましそうに言った。

しかしそこで俺はふと思った。

冒険がしたいなら、今こそがそのチャンスなのではなかろうか。

「ケルケイロ。この砦に来たんだから、そのうち魔の森に行くつもりなんだろ？　まさに冒険がそこにあると思うんだが」

すると、ケルケイロは俯《うつむ》きながら答える。

「確かにその通りだけど……失敗が出来ないからな。正直楽しみというよりは怖さの方がある……」

その言い方から、何か目的があってここに来たらしいことが分かり、俺はそれが気になった。

「そういえば、聞いていいのか分からないが、ケルケイロたちは何の目的でこんなところにきたんだ？　俺たちは、魔法学院の研修で来たわけだけど……貴族にもそういう風習が？」

ケルケイロは首を振る。

「そんな風習があっても大概の貴族が達成できねぇよ。臆病者が少なくないからな……そうじゃなくて、俺が来たのは、ちょっと竜に用があってな」

その言葉に俺たちは驚く。

竜、といったら魔物の中でも群を抜いて危険であり、出来ることなら近づくべきでない、といわれるものの一つだ。

そんなものに、一体どんな用事があるというのだろうか。

そして、もう一つ。

竜に用事があるのは、ケルケイロだけではない。

俺にも、魔法学院を卒業するまでに必ず果たさなければならない目的が一つある。

それは、竜退治。

俺の身に宿る少女——ファレーナが俺との契約条件として望んだことだ。

もちろん、今すぐ俺に竜が狩れるとは思っていない。

あくまで卒業するまでに、ファレーナがその存在を維持できる間に出来ればいいのだ。

そのための準備として、今回俺はこの研修先を選んだ。

ケルケイロの目的が竜だということは、十中八、九その退治が目的なのだろう。

そのことを考えれば、俺の予定も前倒しして、今回目的を果たすべきではないかという気がしてくる。

とてもではないが、ケルケイロとフランダだけで竜退治が出来るとは思えないから。

訓練のときに遠目に彼らを見た感じでは、確かに弱くはないかもしれないが、竜を倒せるほどのものではなかった。

それでも竜のもとに行くと言うのなら、俺は友人として、彼を助けるべきではないか。

そして、ふと思った。

ケルケイロは、前世でも竜退治をしていたのだろうか。

そうだとすれば、別に俺が手を貸さなくても成功するのだろう。

しかし、今世において俺の行動は様々なところに影響している。

今の砦には、前世でいたはずの親父がいない。

もし、ケルケイロが竜退治に行っていて、その成功に親父が少しでも関わっていたなら――親父のいない今世では、彼は失敗するかもしれない。

だから、俺は思った。

ケルケイロが竜に近づくと言うのなら、俺もそれを手伝おう、と。

そのために、まずどうしてそんなことをしようとしているのか知りたいと思い、俺はケルケイロにその理由を聞いたのだった。

第11話　友達思い

竜に何の用があるのか。

竜に会って、一体どうしようというのか。

そんな俺の質問に、ケルケイロは声を潜めて答える。

別に誰が聞いているわけでもない。防音が完璧であると分かっていても、なおそうしたいだけの秘密があるらしかった。

「俺は……竜の素材が欲しい。竜の目と、爪、それに――心臓だ」

分かりやすいと言えば分りやすい理由である。

そしてその目的を達成するためには、竜を倒すことが絶対条件だ。

そして、なぜ竜の素材が欲しいのか、という質問をせずとも、先ほどの説明で容易に理解できる。

「……薬か」

そう呟いた俺に、ケルケイロは頷いた。

「そうさ。竜は、効果の高い薬の材料になる。亜竜のものだって相当いい薬になるが、本物の竜のものは、それこそどんな傷病もたちどころに治してくれるといって、馬鹿みたいな値段になってるってことは知っているだろう。俺は、どうしても薬が欲しい。だからここに来た」

効果の高い薬が欲しい、ということは、そこまでして治してあげたい誰かがいるということなのだろう。

それは実にケルケイロらしい理由で、納得がいく。

けれど、彼は公爵家の長男であり、わざわざ彼自身が竜退治に乗り出さなくても、その伝手《つて》やら何やらを使って入手した方が確実で安全なのではないか。

不思議に思った俺は、それについて尋ねてみることにした。

「理由は分かるが……なんでわざわざケルケイロが自分で来る必要がある？　お前、公爵家の長男だろ。竜の素材がいくら貴重だといっても、手に入れる方法は他にもあるんじゃないか」

するとケルケイロは苦笑した。

「まぁ……そうだな。親父の伝手《つて》で手に入れてもらうとか、大枚はたいて買うとか、な。だが、そういう手段で手に入れると、親父が誰かに大きな借りを作ることになる。金だって……市場に出回っているものはな、本当に信じられないくらい高いんだ。確かに、公爵家の経済力なら買えないことはないんだが……」

ケルケイロが高い、というその値段がどれくらいか気になって尋ねてみると、確かに馬鹿げているると言いたくなるような、とんでもない額だった。金額を聞いて乾いた笑いしか出てこなくなるような、そういう値段だ。

しかも値段の問題に加え、市場に出回ってくることもほとんどないため、常に仕入れや市場の取引を監視して、運良く手に入るのを待つしかない、というものらしい。

そういう様々な問題があるために、伝手《つて》や購入といった方法では、いつ手に入るか分からないのだという。

さらに、とケルケイロは続けた。

「俺が助けたいのは……フランダの母親だ。もしこれが俺や俺の家族だったら、恩を売ろうと力を貸してくれる貴族は多いのかもしれないが……フランダの家はこう言ってはなんだが、恩を売っても大したリターンが望めない子爵家だからな。竜の素材なんて、とてもとても」

ケルケイロに、フランダは俯《うつむ》いて言う。

「……本当に、申し訳ないことです。僕の家族の事情に、ケルケイロ様を巻き込んでしまって……」

「おいフランダ。そういう話はここに来る前にもうやめようってことになったろ？　気にするな」

「ですが……！」

「いいんだよ。別に。権力っていうのはこういうときに使うもんだぜ。……とまぁ、そんなわけで、親父には適当なこと言ってここに派遣してもらった。ちょっくら竜でも倒してくらぁってな」

そう言ってケルケイロは豪快に笑う。

現フィニクス公爵――ケルケイロの父ロドルフは、そんな理由で魔の森に我が息子を派遣するようなタイプだっただろうか……？

過去の記憶を辿《たど》るが、そんなタイプではなかったはずだ。

俺が不審に思っているのを察したのか、ケルケイロは言った。

「いや、流石《さすが》に嘘だって分かってると思うぜ。フランダの母親のことだって、親父は多分知ってるよ。その上で、ここに送り出してくれた――と俺は思ってる。今お前らに出してる菓子類なんて、俺がここに来るのに持たされたもののうちでも、ほんの序の口だ。他にもミスリル銀の名剣とか、ソステヌー産の怪しげな兵器の試作品とか、色々あるんだ。立場もあるし、面と向かって援助してやるとは言えないから、お前がどうにかして来いっていうことなんだと思う……ま、親父らしいっちゃ、らしいかな」

それは明らかに王国貴族の一般的な考えからは外れているが、確かにケルケイロの父親は彼同様、かなり変わっている部分があったのを思い出し、納得した。ケルケイロが一般兵士として軍に所属することを認めるくらいなのだ。

ケルケイロの父は、王国でも指折りの大貴族の家長であり、それに見合った威厳と権力と政治力、さらには相当な武威《ぶい》まで持ち合わせた大人物だ。

前世を思い出せば、あの悲惨で絶望的な戦争の中においても、最後まで生き残っていたくらいである。

戦争当初は貴族として振る舞い、平民との間にもある程度の壁があったが、最後の方には貴族・平民からともに慕われるカリスマ性を見せていた。

だからこの時代でも、ケルケイロの父ロドルフはその人格にも、実力にも疑うべきところはない。息子を魔の森のような、通常では考えられない危険地帯に放り込む、ということもあり得ない話ではなかった。

それに、抜け目ないタイプでもあったから、もしものときのことを考えて、保険もかけていることだろう。

剣姫《けんき》エリスがケルケイロとフランダに特別訓練を施しているのは、つまりそういうことではないだろうか。

そう直感して尋ねると、ケルケイロは答える。

「あぁ……エリスな。なんかここに着いたら、『竜を倒したいという命知らずな貴族はお前たちかい？　話は聞いてるよ。私があんたらの目的を実現させてやるから安心しな！』とか言われてなぁ。たぶん、親父が話を通しておいてくれたんだと思う。聞いちゃいないが……」

おそらくは、いや、間違いなくそうだとケルケイロの瞳は語っていた。

ケルケイロの後ろで、フランダが感動して黙って涙を流している。

つまり、親子そろってフランダを援助してやろうということなのだろう。

お人好しにも程があるが、ケルケイロにしてみれば、おそらくフランダは人生最初の友人であり、ロドルフからすれば大事な息子の人生最初の友人だ。

これくらいの依怙贔屓《えこひいき》は、おかしくないのかもしれない。

「ま、そんなわけだ。だからお前らとはあんまり一緒になることはないかもしれないが、仲良くしてくれよな。休憩時間とか、食事とかよ」

ケルケイロはそう言って話を締めようとした。

しかし俺は言う。

「ケルケイロ。お前らのやってる訓練に、俺たちも参加させてもらうわけにはいかないか？」

ケルケイロは俺の言葉が思いがけないものだったのか、顔をしかめて言った。

「おい、ジョン。お前聞いてなかったのか？　竜だぞ竜。亜竜じゃねぇ。正真正銘の竜だ。俺だってフランダのことがなけりゃあ、近づこうとも思わねぇ化物だぞ。それをお前……」

危ないからやめとけ、と心配してくれているのだろう。

それに、足手まといになる、とも考えているはずだ。

魔法学院生は貴重な魔術師であり、未熟ではあっても、通常の兵士に匹敵する程の戦力だといえる。兵士の槍や剣の一撃より、魔術一発の方が破壊力がある場合も少なくないからだ。

とはいえ、竜退治の戦力としては心もとないのも、また事実である。

竜と相対できる実力というのは、通常の兵士や魔術師などから一つ二つ抜けた能力を指すのであり、それは例えば父アレンや剣姫《けんき》エリスのような、ちょっとした化物ともいえる強者である。

彼らと同等の実力が俺たちにあるなどとは、とてもではないが言えない。

だから、ケルケイロの心配も危惧も理解できる。

しかし、俺なら何とかできるはずだ。少なくとも、危険を避けることくらいは、出来る。俺には旧式魔法とは一線を画す、ナコルル式魔法がある。

それに、俺が手伝う理由は他にもある。

俺の体の中には、あいつがいる。

漆黒を纏《まと》う契約者たる少女ファレーナが。

俺はそのうち彼女に竜の魂を食わせると約束したのだ。

それは契約上果たされなければならない義務であり、またこれから魔族との戦争を迎えるにあたり、彼女を消滅させないためにどうしても必要なことでもある。

それが達成できるような機会をみすみす逃すことは、出来ることならしたくない。

正直なところ、ファレーナに竜を倒せと言われてもどうすればいいものか非常に困っていたのだ。

魔の森に来る機会はこうして研修という方法によって得られたが、実際に魔の森に分け入って竜を倒すには、どうしても他人の協力が必要になる。

親父やナコルルに随行してもらうしかないか、と思っていたが、ここ数年で彼らの忙しさも増している。

それはそうだ。

俺は前世で得た知識を彼らに伝え、またそれをもとに、彼らは彼らで様々な新技術を広めていっているのだから。

そのスピードはゆっくりとしたもので、また即座に変革が起こるとか、そういったものではないが、少なくとも前世のときと比べて技術革新の速度は確実に上がっている。このままいけば、いずれ前世の技術を超える分野が出てきてもおかしくはない。

未来のことを考えるなら、そういった歩みを停滞させるべきではなく、そのために親父やナコルルの力が必要であるのならば、出来る限りそちらに力を注いでほしい。となると、二人を頼るのも難しい。

そんなどん詰まりになりかけていた状況で、この偶然である。天佑《てんゆう》であるとさえ感じた。

剣姫《けんき》エリスは本来この時期、この砦にはいなかったはずだから、前世と色々変化している部分もあるのだろう。

こうした偶然を、俺はうまく利用していかなければならない。

だから、俺はケルケイロに言う。

「……頼むよ、ケルケイロ。絶対に……とまではいえないが、足手まといにならないように努力する。エリスがついて来るなと言ったら、それには従おう。だから……」

俺の懇願に困惑していたのは、ケルケイロだけでなく、魔法学院生たちもだった。

それも当然で、俺はここを研修地に決めた理由を彼らに話していない。

彼らは彼らなりの目的をもって、魔の森の砦に来たのだ。だから、彼らには無理に竜退治について来いとは言わない。

むしろ、全員について来られるよりは、数人だけがケルケイロとともに行き、残りはこの砦の状況をしっかり把握してもらっておいた方が、俺としてはありがたい。

いずれここに魔族が攻めてくることは明らかで、ここで得られた情報をもとに色々考えたいこともある。

分散して動けるなら、その方が俺にとって理想的なのだ。

そんな俺の目論見《もくろみ》が話さずとも通じた、などという都合のいいことはないだろうが、俺が唐突に何か言い出すのは今に始まったことではない。

みんな諦めたようで、好きにしろ、従ってやるから、と顔に書いてある。

あとは、ケルケイロの回答を待つだけだった。

ケルケイロも、なんとなくその場の空気が俺の決断を支持するものになっていることに気づき、驚く。

「……おい、みんなジョンが竜退治なんかに行ってもいいと思ってるのか？　死ぬかもしれないんだぜ？」

けれど、みんなは半ば呆れたように微笑んでいるだけである。

コウは苦笑しながら言った。

「ジョンはそうなったら意見を変えないぜ。温厚で聞き分けは良い方なんだが……妙なところで頑固で我儘《わがまま》なんだよ、そいつ。……分かるだろ？」

ケルケイロは、しばらく考え込み、俺と出会ってからの行動を思い出したのか、納得したように頷いた。

「……ほんとに変わってるよな。しかも頑固かよ。おい、手がつけられねぇじゃねぇか」

「お前はそんな奴を友達にしたんだぜ、ケルケイロ。友達の我儘《わがまま》は聞いてくれるもんじゃないのか？」

「命がかかってなければそうするんだが……しかし……まぁ、そうだな。エリスがダメだと言ったら従うんだよな？」

ケルケイロはそこに希望を見出したようだ。

要は彼女が随行を拒否したらそれで終わりなのだから、と。

俺はそれに頷いて答える。

「あぁ。もちろんだ」

「……じゃあ、分かったよ。聞くだけ聞いてみる。それでいいんだろ？　俺の友達」

ケルケイロはとうとう折れた。

「悪いな、ケルケイロ」

親友、とは今はまだ言えないだろう。

そういう関係は、これから作ればいい。

作れるはずだと、俺は信じて疑わない。

第12話　看病

「……竜の討伐に参加したいだって？」

剣姫《けんき》エリスが眉を顰《ひそ》めながら、練兵場の隅でそう呟いた。

その言葉はもちろん、ケルケイロと共に竜の討伐に参加させてくれないかと頼んだ俺たちに対するものである。

厳密にいうと俺たちが直接頼んだわけではなく、ケルケイロが頼み、俺たちはケルケイロの後ろについていったという格好だ。

「……やっぱり、ダメですよね。俺たちだけで足手まといだっていうのに、こいつらも増えるんじゃ……」

ケルケイロはエリスの反応を見て、諦め気味にそう言った。

「いや？　別に構わないよ」

意外にもエリスが事もなげに言い放ったので、俺たちは驚いた。

まさかこんなに簡単に参加許可が出るとも思わず、何か裏があるのかと勘繰ったが、機嫌よさそうに微笑むエリスの表情からは、そんなものは読み取れない。

あまりにも簡単に参加を許されて、俺はケルケイロに尋ねた。

「……なぁ、大丈夫だと思うか？」

「いや……分からねぇ。なんかあると思っておいた方がいいんじゃねぇか……？」

ケルケイロは俺の質問に、自信なさげに答えたのだった。

◆◇◆◇◆

結論から言えば、ケルケイロの予想は正しかったと言わざるを得ない。

参加を許可した直後、まずエリスは俺たちをケルケイロたちと同じく自らの下で訓練させるため、今まで俺たちを担当していたグラハム老に話をしに行った。

「グラハム曹長《そうちょう》……実は、こいつらなんだけど、何人かこっちに回してもらっていいかい？　竜退治に参加したいって言うんだよ……」

エリスがグラハムに向かってそう言うと、グラハムはその髭《ひげ》をなでながら、とぼけたような口調で返事をする。

「ふむ。別にかまわんが……しかし全員というわけにはいかんなぁ」

「それはなぜだい？」

「実力に差があるからのう……ジョン、ドワーフの嬢ちゃん、エルフの嬢ちゃん、それに……のっぽのノールはいいじゃろうが、他の者は駄目じゃ」

そう聞いたとき、俺は心の中で納得した。

別にテッドたちの実力が低い、というわけではない。ただ、彼らは先にナコルル式魔法を身に着けてしまったため、ノールたちよりも旧式魔法に慣れていないのだ。

彼らの戦い方は基本的にナコルル式魔法に最適化されているため、旧式魔法のみで戦おうとすると、どうしても少し動きが鈍る。

そのことをグラハムは見抜いたのだろう。

ノールたちはナコルル式魔法を知らず、旧式魔法のみを身に着けて戦い方を合理化してきたから、十分に洗練された戦いが出来ているように思われる。

もちろん、魔法学院生の域を出てはいないが、それでも優秀なことは間違いない。

まだまだ竜相手に戦えるレベルではないにしろ、グラハムのお眼鏡には適《かな》ったようだ。

エリスは頷いて、確認する。

「……分かったよ。じゃあ、あんたたち四人がケルケイロとフランダと一緒に訓練をするってことでいいかい？」

俺、トリスにフィー、そしてノールもそれに頷き、そこで竜討伐パーティが決定した。

参加させられないと言われてしまったテッドたちは少し残念そうだったが、旧式魔法を使っての戦いではノールたちに一歩及ばないことは理解しているようである。仕方がないと、すぐに納得していた。


それから竜と相対するための訓練が始まったのだが、これがきつかった。

グラハム老から課されていた毎日の訓練も相当だったが、それと比べても恐ろしくきつく、エリスの訓練は常軌を逸していたと言ってもいい。

訓練は、午前中は基礎を、午後はエリスと一対六で試合を行うというものだった。午前の基礎訓練では、昨日まで一日かけてやっていたメニューを半日でこなすことを求められ、さらに午後の試合は実戦さながらに行われた。

気を抜けば重傷を免れないような恐ろしいものだったが、エリスはあっけらかんと言い放った。

「怪我しても治癒魔法を使える奴がここにはいるからね。元司教のおっさんなんだ……これがまた腕がいい。死なない限りなんとかなると思ってもらっていいよ」

そんな台詞を聞いた俺たちの顔が蒼白になったのは、言うまでもない。

◆◇◆◇◆

エリスの剣が迫ってくる。

あの巨大な狂山羊《インサニアム・カペル》の首を一刀のもとに切り伏せた大剣だ。

見る限り、魔力は込められていないが、それでも脅威なのは間違いない。

当たれば、普通の祖種《ヒューマン》でしかない俺などひとたまりもない。

ただ、エリスも本気ではなく、あくまで訓練としてかなり手を抜いてくれているのが分かる。

他の五人は大分きつそうで、剣を避けるのに必死でそのことに気付いていないようだが、俺にはまだ多少余裕がある。

とはいえ、それでも大量の汗が服を濡らして息も上がり、出来ることならこれ以上動かずに地面に突っ伏したいと思うくらいには疲れている。

にもかかわらず、エリスは殆《ほとん》ど汗をかいていない。

うっすらと額や首筋に水滴が滲《にじ》んではいるが、疲れているからというより、軽い運動をこなしたときに出るような爽やかな汗であって、俺たち六人が流しているものとは性質が異なる。

それだけの実力があるからこそ魔剣士になれるのだ、ということは親父を見て分かってはいたが、それでもやはり、持って生まれた才能というものに嫉妬せずにはいられなかった。

俺にも魔剣士の才能があったら、前世でも上手くやれたのだろうか。

一瞬、そんな考えが過《よぎ》ったが、ぼんやりと無駄なことを考えてしまった俺の隙を、エリスは見逃さなかった。

「戦闘中は集中しな！」

そう叫んで、俺の腹に思い切り大剣を叩き込んだ。

エリス本来の力で、魔剣士の力を使ってその一撃が叩き込まれていたら、俺の腹はまさに真っ二つだっただろう。

けれど、今、エリスと戦っている俺たち六人は、ミスリル製の防具を身に着けている。

魔力の通っていない通常の武器で攻撃されても、衝撃が伝わるのみで切り裂かれることはない。

しかし、それでも巨大な衝撃は確かに俺の体の奥まで響き、意識を暗闇の中へと投げ込んでくれた。

「……ったく。しばらく眠ってな。あんたらは続き！」

そう言ったエリスの声が遠くから響き、そして俺の意識はそこで途切れた。

◆◇◆◇◆

「……いてて……」

ずくずくとした腹の痛みで、俺の意識は呼び戻された。

情けなくも隙を見抜かれて、エリスに気絶させられたところまでしっかりと覚えている。

「全く……ダメだな」

体を起こしながら、そんな風に一人ごちた。

……と、思っていたのだが、俺は一人で部屋に寝ていた、というわけではなかったらしい。

「あ、おきましたのー？」

そんな声が聞こえた。

随分と幼い声に、俺は首を傾げて声のした方向を見るも、そこには誰もいない。

自分がいる場所を改めて確認してみるが、ここは医務室のようである。

俺はベッドに寝かされており、誰か他に人がいるというなら、エリスの言っていたおっさん治癒術師かその助手、といったところなのだろうが……

そんなことを思いながらきょろきょろして、視線を床の方に持って行ったときに意外なものが目に入った。

「……子供？」

今、十歳の俺が言うのもなんだが、俺よりもずっと小さな少女がそこに屈んでいて、俺は驚く。

少なくとも、俺より二つ三つは下だろう。

金色の髪をしていて、明らかに貴族のようだが……

と、そこまで考えて俺はその少女の顔に見覚えがあることに気づく。

いや、見覚えどころではない。

深い親しみがあると言ってもいい。

しかし、その顔はかつて俺が見た彼女よりもずっと幼くて、無垢《むく》であった。

ただ、冷静に考えて、彼女がこの時期にこんなところにいるはずがない。

幻覚か、それとも夢か。

俺は何とも言えない気持ちになりながらも、出来るだけ彼女を怯《おび》えさせないように、平静を装って話しかけた。

「……ええと、君は、誰かな？」

思った以上に優しい声が出て、そのことにも俺は驚く。

彼女は、特に気にしていないようで、にへらと笑って俺に答えた。

「私《わたくし》はー、ク……じゃなくて、ティアナですの！」

その言葉で、俺にははっきりと彼女の素性が分かった。

深い感動が、胸に広がっていくのを感じた。

かつての親しい人が、確かに命を落としたはずのその人が、未だ息をしてここに存在している。

そのことに、俺は胸が震えた。

ケルケイロも、彼女も、本当ならもう二度と会えないはずだったのに……

やり直しのチャンスが得られたことを、俺は深く感謝する。

何に感謝すればいいのかは分からないが、それでも目に見えない何かに感謝すべきだと、そのときそう思った。

それにしても、なぜか彼女――クリスティアナ・マルキレギナ・フィニクスは、本名を隠す気満々のようだ。

残念ながら、その努力は俺を前にした時点ですでに失敗しているが。

とはいえ、無理に名乗らせようとも思わない。もしかしたらケルケイロと同様に、深い理由があって名乗りたくないのかもしれない。

だから、とりあえず指摘するのはやめたのだが、それでも聞かなければならないことはあった。

なぜ、彼女がここにいるのか。そして、どうして俺の看病をしているのか。

看病してもらったこと自体は非常にありがたいのだが……なぜ、という思いがなくならない。

「……それで、ティアナ、だったかな」

「はい！」

「君はまたどうして、俺の看病なんかしてるんだ？」

その言葉にティアナは首を傾げ、それからぼうっと少し考えたのだが……

「あぁっ‼」

そう叫んで、立ち上がった。

一体何があったのかと俺は驚くが、彼女の中では、その行動は別に意味不明なものではなかったらしい。

「どうしたんだ？」

そう俺が尋ねると、彼女はきょろきょろと周りを気にしながら語り始めた。

「あの、私、あなたがここにはこばれてくるまえから、ここにかくれていたんですの……」

少し早口なのは、急いでいるかららしい。

どうしてそんなことをしているのか、と俺がさらに聞く前に、ティアナは自分からその先を語る。

「じつは、私、おにいさまについてきたのですが、だまってかくれてきたんですの。さいわい、ばしゃはおにいさまがのる用と、にもつ用と、二台だったので……」

なるほど、荷物用の馬車に隠れて乗ってきたということか。

ケルケイロの部屋を見て分かったが、かなり多くの荷物を積んでいたであろう馬車である。

少女一人くらい忍び込む隙間はあっただろうし、荷物の中にはお菓子をはじめ保存食などもあったはずだから、王都からここまでの旅路で食べ物に困ることもなかったのだろう。

ケルケイロ自身、何を積んでいるかとかあまり気にしない質《たち》だし、荷物の中身を決めていたのは彼の父ロドルフだ。

到着して荷物が減っていてもケルケイロは気付かずに、まぁこんなものだろうと思った可能性は高い。

しかしそれにしたって、数日間も見つからないように隠れて馬車に揺られていた生活は、この年の——ティアナは確か俺と三つ差だから、今、七歳のはずだ——少女には相当辛かっただろうに。

まぁ、前世の彼女を知っている俺としては、お転婆《てんば》ぶりがこの頃から発揮されていたとしても、それほど不思議に思うことはないのだが。

ティアナは続ける。

「けれど、やっぱり、ここに来たらひとに見つかってしまって。すごくおどろかれました」

なんと、彼女の存在はばれているらしい。

「だったら、もう隠れなくてもいいんじゃないか？」

そう尋ねると、ティアナは首を振った。

「おにいさまには、まだばれていないのです。ここのひとにおねがいして、いわないようにたのんだのです……」

ばつの悪そうな顔で言うものだから、大体の事情がつかめた。

つまり、彼女はケルケイロの馬車に無断で乗ってここまで来た。

砦に来るまで隠れきったはいいが、砦に着いてから馬車の中や荷物の中身を確認され、そこでば

れた。しかし、どう言ったのかは分からないが、ケルケイロに彼女の存在について言わないように、
砦の人間を説得した。そして未だにケルケイロに見つからないよう、こんなところで身を隠している。

おそらく、こんな感じだろう。

さっき慌ててたのは、俺の看病に夢中になりすぎて、周囲の警戒が疎《おろそ》かになっていたから、ということか。

確かに、前世の彼女も何かに集中すると周りが見えなくなるようなところがあったが、この頃からそうだったのかと微笑ましく思った。

第13話　鍛冶場にて

「それじゃあ、俺はケルケイロにティアナのことを言わないようにすればいいか？」

辺りをきょろきょろと見回して慌ただしくするティアナに、俺はそう質問した。

するとティアナは振り向いて、頷く。

「はいっ！　そうしていただけるとうれしいのです。私《わたくし》のことをしっているのは、ここのちゆじゅつしの、ヨーケルさんと、エリスさんと……あと、ロレンツォさんと……とにかく、いちぶのかた

だけなので」

ロレンツォというのは、この砦の責任者であるロレンツォ・モスカ准将《じゅんしょう》のことだろう。

そこまで話が通っているなら文句はない。

おそらくは、既にロレンツォからティアナの父ロドルフにも連絡がいっているだろう。流石《さすが》に黙って預かる、ということはないはずだ。

それでも連れ戻されていないということは、ティアナがここに滞在するのをロドルフが許した、ということになるが……

前世においてもロドルフは一般的な貴族とは異なる価値観をもっていたが、戦争の前からそういう部分は多分にあったようである。

ケルケイロを竜退治に送り出す時点でそれは理解できていたが、娘のティアナですら国内最大級の危険地帯に置いてそのままにしておくのは、流石《さすが》に行きすぎではないか。

「……内緒にしておくのは分かった。けれど……ティアナのお父さんやお母さんは心配するんじゃないか？　君が知っているかどうか分からないけど、ここは物凄く危ないところなんだぞ？」

すると、ティアナは目をぱちくりさせて、驚くべきことを言った。

「……おとうさまはしっておられますよ？　むしろ、『よし、おにいちゃんにかくれてついていきなさい！』っていって、馬車にひみつのおへやをつくってくれました！」

その言葉に、俺は開いた口が塞がらない。

つまり、初めからロドルフの協力を得てここにやってきたというのが真実らしかった。

馬車の提供者であるロドルフが率先してやらせたのだ。誰も気づくはずがない。しかも秘密の部屋を作ったとは。

馬車の荷物の隙間に隠れて来たとかそういうことではなく、おそらくは七歳の女の子が数日暮らしてもそれほど不便ではないような部屋が、うまいこと作られていたのだろう。

むしろ、ケルケイロに贈られた大量の荷物は、それを隠すためのカモフラージュだったのではないだろうか。

うん。そう考えた方が、納得がいく。

俺は、その事実に何と言って良いものか分からなくなった。

「……そうか。分かった……なんていうか、頑張って見つからないようにしろよ、ティアナ……」

そう呟いて、ため息をついたのだった。

◆◇◆◇◆

その日から、なぜかティアナをよく見かけるようになった。

エリスの厳しい訓練のあと、剣や鎧の手入れをしてもらうために鍛冶場に行ったときのことだ。

そこにはエリスに案内されたときと同じように四人の鍛冶師がいて、立てかけられている武具を見つめたり、槌《つち》で叩いたり、砥石《といし》で砥《と》いだりしていた。

しかし、あのときと違うのは話しかけると返事をしてくれることだ。

「おーい、おっさん。手入れ頼むよ！」と俺が鍛冶場の入口から声をかけると、「おう！　ジョンか。ちょっと待ってろ！」と返してくれる。

これは別に鍛冶師の態度が軟化したとか、俺が気に入られたとか、そういうわけではない。

何度かここに通うにつれて、彼らの機嫌というか、声を掛けてもいいときというのが何となく分かるようになってきただけだ。

もちろん彼らの作業の手は止まらないが、それでも返事はしてくれるだろう、と分かったときに話かけるようにしている。

聞けば、この砦の者たちはみな、そういう技能を身に付けているらしい。

エリスもそれは分かっているが、案内してくれたときはあえて返事をしないタイミングで声をかけたらしい。それは、返事がなくても別に彼らの機嫌が悪いわけではない、ということを教えるためだったようだ。

作業をいったん置いて、その鍛冶場の主——匠種《ドワーフ》の親方、グレゴールが俺の方に近づいてくる。

身長は祖種《ヒューマン》の成人男性よりもかなり低いのだが、筋肉の付き方が尋常ではない。

筋骨隆々とはまさにこのことと思うほどで、実際、彼ら匠種《ドワーフ》の男の腕力は凄まじく、巨大な槌《つち》をまるで紙でも持つかのように軽々と扱うのだ。

それだけの力があるからこそ素晴らしい武具を生み出せるわけだが、それに追随する技術を身に付けている祖種《ヒューマン》の鍛治師もいないわけではない。実は、ここにいる四人のうち、二人は祖種《ヒューマン》の鍛治師なのだ。

とはいえ、この砦で最も技術があるのはグレゴールであり、俺たちが使っているミスリルの武具は彼の手で作られたものらしい。

そんな彼が俺に声をかける。

「今日はどうした？　武具の手入れってことだが……」

「あぁ。今日もエリスに思い切り叩かれてさ……ミスリル製の武具なのに、へこみが……」

この間もそうだったが、今日もまたエリスとの訓練で一発、いや、数発入れられたのである。

彼女と訓練を始めて数日になるが、恐ろしいことに、徐々に彼女の攻撃に魔力を込めたものが混ざり始めた。

それによって彼女の攻撃力は飛躍的に上がり、そして俺をはじめとした竜退治参加組は命の危険にさらされることになった。

直撃すれば間違いなく命を失うような攻撃が、俺たちを襲うのである。

訓練の時間は完全な地獄と化した。

エリスに本気で命中させるつもりはないだろうが、それでも決して油断はできない。

ミスリル鎧で覆われている部分には躊躇《ちゅうちょ》なく剣を当ててくるので、余計に怖かった。

そんな状況でも身を固くすることなく、常に周囲に気を配って戦え、観察しろというのだから、スパルタにも程がある。

グラハム老の訓練を受けているタロス村出身者たちが、遠くからチラチラとこちらを見ているのを感じたが、おそらく今頃彼らは竜退治組に参加しないで良かったと心底思っていることだろう。

それほどに、エリスの訓練はきつかった。

そしてそんな訓練の中、ミスリル鎧といえども全くの無傷というわけにはいかず、最近ではへこみが出来るようになってきた。

エリスの攻撃はどんどん俺たちに当たるので、まったく強くなっている気がせず、果たしてこれで竜と相対できるのかと不安になってくる。

俺が訓練でへこんでしまったミスリル鎧をグレゴールに見せると、彼は眉を顰《ひそ》めて言った。

「……こいつはひでぇな……ったく。修理するのには時間がかかるぞ……はぁ、ジョン。こっちをもってけ。お前用に調整してある」

そう言って、グレゴールは別のミスリル鎧を俺に差し出してきた。

渡された鎧を身に着けてみると、俺の体にぴったりで驚く。

「……なんでこんな……」

俺がそう呟くと、グレゴールは言った。

「まぁ、エリスの訓練を受けた奴は前にもいたからな。そのときに、鎧がかなりぼこぼこになってやがったから……お前らがエリスに鍛えられると聞いたとき、どうせこうなるだろうと思って用意してたんだよ。サイズ調整はまぁ、手間だが、ここには錬金術師もいるしな。普通よりはずっと楽に出来る……」

その台詞に俺は納得がいった。

しかしエリスの訓練を受けた奴が前にもいたということは、今は俺たちを除いてはいないということだろう。

ここの兵士が受けたのか、それとも別の誰かが受けたのかは分からないが、あまりにきつかったからやめたのではないだろうか。そう思って尋ねると、グレゴールはその通り、と答えた。

「ここの兵士が受けたんだよ。剣姫《けんき》エリスって言やぁ、有名だからな。一度手合せ願いたいってよ。半ば喧嘩を売りに行くような形で……まぁ、結局すぐに音を上げたがな。グラハムの爺《じい》さんの訓練が楽だと思えたのは初めてだって笑ってたくらいだ。だから俺はお前やあの貴族様は本当にすげぇと思ってるよ。まだ続いてるじゃねぇか」

そう言われて、俺は心の中で頷いた。

確かにあれに耐えられる人間は中々ないだろう。

俺は過去の辛かった時代の経験があるし、ノールたちは、俺が比較的厳しめにここ数年間鍛えていたので、ある程度免疫があるのだが……

ケルケイロたちは全くそういった経験などないのだ。

そもそも彼らは貴族なのだから、今まで相当ぬくぬくとした生活を送っていたはずで、今彼らが感じている辛さは俺の比ではないだろう。

そんなことを考えながら、俺はグレゴールに言った。

「俺たちはともかく、確かにケルケイロ様たちは頑張っているな……貴族ってものの見方が変わる」

するとグレゴールは豪快に笑う。

「違ぇねぇ！　……ま、滅多にいないんだろうがな、ああいう貴族が多くなればいいと思うぜ」

そのうち、ああいうタイプの貴族以外は生きにくい時代がやってくるので、結果として割合的には多くなるはずだが、そういう話ではないだろう。

それに、前世ではそうなったが、今回はそうはならないかもしれない。

しっかりと準備をして、奴らに――魔族に挑めば、貴族のみならず、人類全体が相当数生き残れるかもしれないのだから。

俺はグレゴールの言葉に曖昧《あいまい》に頷き、手に持っていた剣を差し出した。

「剣の方も頼めるか？」

剣は鎧ほど損傷していないが、少し欠けている。

グレゴールは剣を受け取って、まじまじと眺めた。

「……そうだな、まぁ、これくらいならそれほど時間はかからんだろう……明日の朝までには何とかなるから取りに来い」

俺は礼を言って食堂に向かおうとしたのだが、そのとき俺と入れ違いで鍛冶場に入ってきた者の姿に驚いた。

「……ティアナ⁉」

そう、入ってきたのはティアナだったのだ。

名前を突然呼ばれてはっとした彼女だったが、俺の顔を見て安心したらしい。

「……びっくりしました！　ジョンさんでしたのね」

そう言って微笑んだ。

彼女はいくつか瓶の入った籠を持っていて、それを鍛冶場に運んできたようである。

俺は気になって尋ねてみる。

「……こんなところで何してるんだ？　隠れなくていいのか？」

「だいじょうぶです！　おにいさまはいま、おへやにいるみたいなので！」

妙に確信ありげなその台詞に、俺は情報源を知りたくなって尋ねると、ティアナは答えた。

「エリスさんがおしえてくれましたよ？　『きょうもしごいてやったから、めしのときいがいは、へやからでてこれないだろうよ！』って！」

俺は、確かにケルケイロは大分きつそうな顔をしていたな、と今日の訓練を思い出す。

ケルケイロも必死についていっているのは間違いないのだが、訓練の後に何かする余裕はないのかもしれない。

俺よりもずっと彼のことを見ているエリスがそう言うのだから、きっと間違いないのだろう。

もしかしたら、ティアナがある程度自由に行動できるように、わざとそれくらいの訓練を課しているのかもしれない。といっても、体が壊れる程ではなさそうなので、特に問題はないだろう。

それから、ティアナは続けた。

「なにをしているか、ですが……私、ここで『れんきんじゅつし』のメリザンドさんのおてつだいをしているのです！　はたらかざるものくうべからずなのです！」

どうやら、彼女にも何らかの仕事が与えられているらしい。

本来なら、貴族令嬢である彼女に労働は必要ないというか、させられないはずだが、これもまたロドルフの方針なのかもしれない。

こんな教育方針が、大人になったときの彼女の性格に影響したのだろう。

前世での彼女もまた、貴族令嬢には珍しく、働き者だった。

ケルケイロのために前線にやってきたときも率先して仕事に取り組んでいたし、すぐに周りと馴染んでもいたくらいだ。

俺はティアナに微笑んで言う。

「そうか……ま、体を壊さない程度に頑張れよ」

「はい！　ジョンさんも！　そういえばエリスさんがほめておられましたよ。『ジョンはなんだかずいぶんとたたかいなれしていて、たまにこわいときがあるよ。だから、むいしきにはんげきしてしまうんだよね』って！　では！」

そう言って、ティアナは鍛冶場の中に入っていった。

俺はティアナの台詞に少し驚いたが、同時になるほどとも思った。

俺に対するエリスの攻撃が妙にきついのは、そういう理由だったのか。

確かに訓練に参加している六人の中で、一番戦い慣れをしているのは俺だ。

前世では格上の相手とも何度も戦ったから、捨て身でも何でも、一撃くらいは入れられる方法や手段をいくつも知っている。

その雰囲気が、エリスに伝わってしまっていたのかもしれない。

その結果としての、ぼこぼこの鎧である。

「……明日からは、少し戦い方を変えるかな……」

といっても、それをやってしまうといざ竜を相手にしたときに力が出ない、ということもあり得るだろう。

明日もやはり、ぼこぼこにされるのを覚悟して頑張るしかないな、と諦めて、俺は食堂に向かったのだった。

第14話　二人目

昼食を食べ終わり、午後の訓練が始まるまでの間に砦をうろうろしていると、怪しい者を発見した。

砦の壁に張り付いて、何かを観察しているメイド服姿の女性。年は十七、八くらいだろうか。茶色の髪を三つ編みにして二つに垂らしているその女性は、フィルと同じく眼鏡をかけていて、一見すると大人しく物静かそうに見えた。

「……おい」

「ひゃっ⁉」

俺が声をかけると、その女性は驚いてずっこけた。

話しかけられるなんて思ってもみなかった、という様子だが、こんな目立つ場所でいかにも怪しい行動をとっておいて、それはないような気がする。

とはいえ、それを突っ込んでもしょうがないかと諦め、俺はその女性に手を伸ばした。

「……大丈夫か？」

女性は、転んだときにぶつけたお尻を擦《さす》りながら答える。

「あたた……ごめんなさい。大丈夫ですぅ……」

そして、俺の手を掴《つか》んで立ち上がった。

目の前にすると、流石《さすが》に年上だけあって、女性であっても背が高い。

俺は見上げるような格好になる。

まぁ、十歳なのだから、それくらいが普通なのだが。

彼女を見上げながら、俺は質問した。

「さっきから壁に張り付いて、何を見てたんだ？」

女性は、俺の向けた疑問になんとも言えない表情を浮かべる。

「み、見てたんですかぁ？」

目を泳がせながら、声を震わせて言った。

何かやましいことがあるらしい、と確信した俺は、彼女が先ほどまで覗《のぞ》いていた方を見てみる。

「……ティアナ？」

見えたのは、忙しく働くティアナの姿であった。

ティアナは錬金術師の手伝いをしているとか言っていたが、メイド服の女性が見ていたのはまさにその仕事部屋であった。

部屋の隅にある机に一人の女性が向かっていて、薬品らしきものを混ぜたり、鉱物を砕いたりしている。

ティアナは彼女に指示されて、部屋のあちこちから素材を集めて渡す役目のようだ。

本当にティアナが働いていることを確認し、なんとなくこの砦に彼女の居場所があるらしいことが分かって、俺は安心する。

ほっと息を吐いて、とりあえずティアナに見つからないうちに、ここから立ち去ろうと思った。

覗《のぞ》きをしているなどと思われたくない。

しかし、そんな俺の肩を掴《つか》んで逃がさない者がそこにいた。

「……さっき、ティアナ様のお名前を呼びました……よね？」

先ほどのメイド服の女性である。

どうやら俺がティアナの名前を知っていたことが意外だったらしい。

俺は特に隠すところもないので正直に答える。

「あぁ。本人に聞いたからな。あんたと違ってストーキングしてると思われたくないし、俺はさっさとここから去るよ。あ、ティアナに何かしたら地獄の底まで追いかけるからな……じゃ」

そう言いながら、前に進もうとした俺。

だが、女性は決してその手を外そうとはしなかった。

それどころか、彼女はあわてて話を続けたのである。

「ストーキングって、別に私はストーカーじゃないですよ！　そうじゃなくて……ただ、ティアナお嬢様のお仕事ぶりを確認しようと思ってですねぇ……」

それを聞いて、俺は首を傾げて尋ねた。

「……で、あんたは何者なんだ？」

「私はリゼット。ティアナお嬢様の侍女です！」

胸を張って、女性はそう名乗った。

◆◇◆◇◆

女性の立場と名前は分かった。

けれど、女性――つまりリゼットと、あの場所で話し込むのは危険だと意見が一致したので、場所と時間を変えて話すことにして、その場は別れた。

俺には午後の訓練があるし、彼女にも何か仕事があるようだったので、話すのは夜になってからにしよう、ということになったのだ。

正直、訓練のあとに予定を入れるのは厳しいものがあるのだが、俺には治癒魔術がある。

その気になれば、訓練の疲労の回復もある程度は可能だ。

気休めに近いレベルではあるが、何とか歩けるくらいにはなるので、話をするだけなら大丈夫だろう。

場所は、以前ケルケイロと話したところ。つまりは砦の屋上である。

訓練が終わり、俺は待ち合わせの場所に向かった。しばらく風に吹かれていると、階段を上ってきたメイド服姿のリゼットが、少し駆け足気味でこっちにやってくるのが見えた。

「……はぁ、はぁ。申し訳ございません！　お待たせしてしまいましたか？」

その言葉になんと返答すべきか迷ったが、俺は最も無難な台詞を言うことにした。

「いや、今来たところだ」

「おぉ！　それは女の子が彼氏を待たせたときに言われたい台詞ナンバーワンの、非常に有名な言葉ではないですか!?」

リゼットがふざけだしたので、俺はうるさそうに手を振る。

「……分かった。ティアナに今日あんたが監視してたって言えばいいんだな？　用事は終わった。俺は戻る……」

そう言って階段を下りようとしたところで、ガッ、と腕を掴《つか》まれて止められた。

「ちょちょちょ、ちょっとまってくださいよう！　そんなことされたら、さぼってたのばれるじゃないですかぁ……だめ。絶対にやめてください！」

リゼットがそう叫んだので、とりあえず俺は停止した。

「……結局、あんたは何なんだ？」

ティアナの侍女だ、という話は既に聞いたが、俺は前世で彼女を見た記憶がない。

俺と知り合う前に侍女を辞めたか、首になったか、ということだろうか。

確かに、この感じなら首になってもおかしくなさそうだが……

俺はよっぽど怪訝《けげん》な顔でリゼットを見ていたのだろう。

彼女はそれを敏感に察したようだ。

「いえ！　私は別に不真面目ってわけではないですからね!?　……ところで、私が何なのか、ですが、錬金術師の方の部屋の前で言ったじゃないですか。私はティアナ様の侍女ですよ」

「それは確かに聞いたが……あんたがしてたのはティアナの補佐とか身の回りの世話とかじゃなく、ただの覗《のぞ》きだったじゃないか。怪しいんだよな……」

そう言って、疑いの目で彼女を見ると、リゼットはあわてて両手を顔の前で振って言う。

「あぁ！　それは！　いや！　……ティアナ様が心配で、ですね……別に覗《のぞ》きをしようってわけじゃなかったんですよ？　でも、砦の方の仕事を手伝うなんて、七歳の女の子のすることじゃないじゃないですか……」

そしてリゼットは目を伏せた。

確かに彼女の言い分にも一理あり、ただ心配で見ていただけ、というのなら分からないでもない。

「立派にやってたじゃないか。別に見てなくてもうまくやるだろ。そもそも貴族の娘なんだから、周りが気を配ってくれるさ」

俺のそんな言葉に、リゼットは口を尖らせる。

「そうですけどぉ……って、やっぱり」

何かに気づいたかのように俺を見た。

じっと視線を外さないので、俺は思わず眉を顰《ひそ》める。

「なんだよ……？」

俺を見つめたまま、神妙な表情でリゼットは言う。

「……あなた、ティアナお嬢様の正体を知っていますね？」

今さら聞くのかという思いと、そういえば言っていなかったかという思いが混ざって、彼女の言葉にどう反応していいか分からなかった。少し考えて、口を開く。

「本人に名前を聞いたって言ったろ？　正体くらい知ってるさ」

しかし、リゼットは首を振って否定した。

「いいえ。ティアナお嬢様はあれで用心深いですから。初対面の人に身分まで明かすとは考えにくいです。名前は名乗ったのかもしれませんが……」

確かに、ティアナは自分の名前を愛称で名乗っただけで、身分を推察できるような情報は殆《ほとん》ど言わなかった。

せいぜいが兄がいる、ということくらいしか自分からは言っていないが、俺がケルケイロの名前を出して話を聞いていった結果、ぽろぽろ色々な情報を漏らしてしまったわけだ。

その辺りは、やはり所詮七歳ということだろうか。

俺は初めからティアナの情報を知っていて、さらりと口に出来たために、怪しさがなかったというのもある。

もしかしたら俺がケルケイロの名前を出した時点で、ティアナは、俺がケルケイロから妹である自分のことを聞いているのだと思ったのかもしれない。

そういう推論は得意な少女だったと記憶している。

まぁ、それはいいとして。

俺はリゼットにとぼけた調子で言う。

「……どうだっただろうな。俺が知ってるってことは、どこかで彼女が言ったんだろう。もしかしたらケルケイロに聞いたのだったかもしれないが……」

するとリゼットは、さらに質問を続ける。

「……ケルケイロ様ともお知り合いなんですか？」

「あぁ。この間、友達になったんだ。一緒に訓練も受けているから、そこそこ仲は良い方だと……」

すると、リゼットはやや声を落として尋ねてきた。

「……ケルケイロ様は、訓練ではどのようなご様子ですか？　いえ、そもそも訓練というのは何のために？」

ティアナの場合と同じで、リゼットはケルケイロに対しても過保護なのかもしれない。

そう思った俺は、心配がないことを伝えるべく、説明する。

「訓練は順調だな。剣姫《けんき》エリスが直接教えてくれてるんだ。あれで強くならなきゃ嘘だろう……何のために訓練してるのかって、そりゃあ、竜を倒すためだ。まぁ、エリスがついてきてくれるみたいだから、俺たちはただ見ているだけなのかもしれないけどな……」

それを聞いて、リゼットは少し考える様子で呟く。

「……竜を、ですか。まさかそんな危険なことをしようとされていたとは」

「ケルケイロとティアナの親父さん……ロドルフ様も知っていることだろう？　聞いてなかったのか？」

するとと、リゼットは首を横に振った。

「ロドルフ様は……ティアナ様がケルケイロ様についていくのを許す代わりに、その目的の邪魔をしてはいけないと強く言い含めておられましたが、内容は教えてくださらなかったのです」

俺は余計なことを言ってしまったかもしれない、と思ったが、竜退治のことを知られたからといって、どうなることもないだろうと考え、気にしないことにした。

そして話題を変える。

「そういえば、リゼット。あんたもティアナと一緒に荷馬車の隠し部屋に入ってついてきたのか？」

すると、リゼットは驚いたように目を見開いた。

「そんなことまでティアナ様はお話しになったのですね……珍しいことです。ええ、確かに私もティアナ様と一緒にそこに隠れて参りました」

「もうそこまで面倒臭いことをするなら、素直にケルケイロと一緒に来ればよかったんじゃないかって気がするけどな」

「それは出来ませんでした。ケルケイロ様は、あれで結構頑固なところをお持ちですから……妹君が危険な場所についていく、と言ったら猛反対されるのは目に見えていましたので」

なるほど、確かにケルケイロにはそういうところがある。

自分の命は顧《かえり》みないくせに、他人の命を意地でも守ろうとするような。

だからこそ、前世では……

俺に構わず、リゼットは続ける。

「ですから、私のことも、ティアナ様のことも、ケルケイロ様には秘密にしておいて頂きたいのです。それが言いたくて、ここに参りました」

一番の目的はそれだったのか。

「だったら最初に出くわしたところで、一言そう言えばよかっただろう」

「あのときはまだ、あなたがティアナ様やケルケイロ様のことをどのくらいご存じなのか、確信が持てませんでしたので……今は、少なくともそのご身分と関係を知っている、ということが理解できましたから。よろしくお願いします」

リゼットは、そう言って頭を下げた。

俺はその言葉に頷く。

「分かったよ……まぁでも、今日みたいにあんたやティアナが気を抜いて見つかる分には、フォローはしないからな？」

その言葉に、リゼットは少し頬を赤くする。

「それは……気を付けます」

恥ずかしそうに、顔を俯《うつむ》かせた。

話が終わったので部屋に戻ろうとしたところ、最後にリゼットが言った。

「あ、あと……よろしければ、ケルケイロ様の訓練のご様子など、たまに教えて頂けませんか？今日と同じくらいの時間帯に、ここで待っておりますので……」

フィニクス家の侍女なのだから、ケルケイロのことが気になるのは当然だ。

ただ、先ほどのように、余計なことを言ってしまいそうな気もしたので、俺は曖昧《あいまい》に答える。

「ケルケイロも知られたくないこともあるだろうから……まぁ、元気だとか、楽しそうだとか、その程度ならいいぞ」

リゼットとしてはそれで満足だったらしい。

「よろしくお願いします」

彼女は深く頭を下げて、砦の中に戻っていったのだった。

第15話　見えぬ影

ジョンとの会話を終えたリゼットは、駆け足で砦の中に戻っていく。

向かう場所は決まっていた。

この砦の最高責任者たるロレンツォ・モスカ准将《じゅんしょう》が配慮して与えてくれた、ティアナとリゼットのための部屋である。

ちょうどケルケイロの部屋とは正反対の位置にあり、またケルケイロが用事があって来るような場所でもない。万が一にも出くわすことはないという念の入れようである。

リゼットもティアナも、基本的にはしっかりしているのだが、たまに信じられないところでポカをやらかすので、そういう配慮はありがたかった。

実際、二人ともジョンに見つかっているので、その自己認識は間違いなく正しい。

砦の奥の奥、狭い通路をしばらく歩いて行くと、やっとその部屋に辿《たど》り着く。

階段を下っていくので、おそらく部屋は地下部分に設けられているのだろう。中はそれなりに広く、緊急時には避難所として機能するのみならず、地下から地上まで一直線に続く通路まで設けられている。それは、ある意味で貴族であるティアナが隠れるには最適の場所だった。

だからこそ、ロレンツォはこの部屋をティアナとリゼットにあてがったのだろう。

砦が作られた当初は避難所が使われることもあったのかもしれないが、現在は精強な兵士しかおらず、ここから戦わずして逃げ出すような者はいない。そのため、完全に宝の持ち腐れと化している場所でもあった。

普段は物置にされていたらしく、ティアナたちが来ることが決まって慌てて片付けたくらいである。今は貴族が寝泊まりしても問題ないよう十分に整ってるが、埃《ほこり》っぽいような気がしないでもない。

そんな部屋にリゼットは慌てて駆け込み、中にいる人物——つまりはティアナを確認して一言叫んだ。

「ティアナ様！　分かりましたよ！」

その言葉に、ティアナは表情を明るくした。

「ほんとうですの⁉　はやくおしえてください！」

喜んで駆け寄って来るティアナに、リゼットは息を落ち着かせて話し出す。

「ケルケイロ様は、どうやら竜を倒そうとなさっているようで……」

リゼットは、先ほどジョンから仕入れた情報を話していく。

それに、遠目に確認したケルケイロの様子や、砦の人々から聞いて集めた情報などをティアナに教えてあげた。

「そうなんですの……竜……おにいさまは、だいじょうぶでしょうか……」

自分の知らない兄の姿を色々聞いて楽しそうにしていたティアナだったが、やはり一番気になったのは、その点らしい。

それも当然だろう。

竜といえば、魔物の中で最も恐ろしいと言われる存在の一つであり、簡単に倒せるようなものではないのだから。

しかし、ケルケイロもそんな相手に一人で挑んだりするほど愚かではない。

剣姫《けんき》エリスが彼についていく……いや、おそらくは主にエリスが戦い、ケルケイロや今日会ったジョンたちはそれを後ろで眺めている形になるのだろう、と思われた。

だからリゼットは、ティアナが安心するよう、剣姫《けんき》エリスの名声も含めて竜退治について説明をしていく。

それを聞いて、ティアナは納得したようだ。

「エリスさんってそんなにすごい人だったのですね……そんな人がいっしょに……でしたら、しんぱいしなくてもだいじょうぶなのでしょう。よかった……」

そして、ほっと胸を撫《な》で下ろしたのだった。

リゼットも、そんなティアナの様子を見て安心する。

そもそも、なぜティアナがこんなところまでやって来たかと言えば、ケルケイロのことを心配しためである。

ある日突然、魔の森の砦に行くと言われれば、家族なら、誰でも心配することだろう。

さらにケルケイロは、ティアナになぜ行くのかと尋ねられても答えようとしなかった。

おそらくティアナに心配をかけまいとしたのだろうが、それは逆効果だった。

どうしてもケルケイロの目的を知りたい、と彼女の心に火をつけてしまったのだ。

こういうときのティアナの行動力は七歳とは思えないほどで、すぐに父であるロドルフに頼み込みに行った。

ロドルフも娘のティアナには甘いのか、それとも自主性を尊重しようとしているのか、すぐに許可を出し、さらにはケルケイロの馬車に細工をして内緒でついていけるようにしてしまったのである。

こうして、魔の森の砦までついてきたティアナは、ロドルフから預かった手紙を砦の最高責任者であるロレンツォ・モスカに手渡し、自分の存在をケルケイロに隠しておくように頼んだ。そして、エリスにも協力してもらえることになったらしい。

さらに、手紙には娘を使ってやってくれと書いてあったようで、仕事まで与えられたのである。

ティアナは非常に素直で年齢の割に賢い少女であるから、申しつけられた仕事をしっかりとこなしており、今のところうまくやっている。

ただ、一つ問題があった。それは、ケルケイロの目的を調べる時間がとれない、ということである。

ケルケイロの目的についてはエリスもロレンツォも教えてくれず、ティアナは困って、結局リゼットに調べるように頼んだのだった。

結果として、色々なところを歩き回ったり覗《のぞ》いたりして、スパイじみた真似をする羽目になったリゼット。

ジョンには見つかってしまったものの、その目的は達成されたわけである。

「ご安心なさったところで、そろそろご実家へお帰りになりますか？　お父様――ロドルフ様も、きっとティアナ様のことを心配されているでしょうし……」

リゼットとしては、すぐにでもこのような危険な場所からはおさらばして、安全で便利な王都にティアナともども帰りたいというのが本音だった。

だからこそ、帰るという提案をしたのだが、ティアナには聞き入れるつもりはないらしい。

ティアナは首を横に振って告げる。

「だめですわ。わたくし、おにいさまがたしかにりゅうをたおされるそのときまで、ここでおかえりをおまちしています。さいわい、いのちのきけんはなさそうですし……」

今のティアナは、こうと決めて動かないときの顔をしており、リゼットはこれでは何を言ってもだめだ、と諦めた。

「……ティアナ様。仕方ありません……では、待ちましょう。けれど、決して魔の森にお入りになってはいけませんよ。あそこはこの国で最も危険な土地、魔物の巣窟なのですから……」

その言葉にぶるりと身を震わせたティアナ。

彼女は素直に、リゼットの言葉に頷いたのだった。

◆◇◆◇◆

陽光があまり入ってこない。

見上げると、木々の隙間からは確かに光の筋が降りてきているのが見える。しかし、あまりにも木々の背が高いため、地面へと届く光はおそろしく僅《わず》かで、足元は暗かった。

ぎゃあぎゃあと鳴く鳥の声が聞こえ、魔物の低い唸《うな》り声が響く。

どしん、どしんと巨体の動く震動が伝わってきて、木々を揺らす。それによって遥か上から見たこともないような巨大な虫が落ちてきて、俺たちの肌を裂こうとその顎《あご》を開く。

俺たちはそんな危険を振り払いながら、森の中を進んでいった。

「……これが『魔の森』か……歩いているだけで恐ろしいな！　一人だったらと思うと、ぞっとするよ……」

そう口にしたのは、今日、一緒に森に入った者のうちの一人、フィニクス公爵家の一人息子ことケルケイロである。

「一人じゃなくたって十分にぞっとするけどな……強い魔物が出てきたら一瞬で終わるぞ？　これだけ足場と視界が悪い中で、十メルテオーバーの巨大な狂山羊《インサニアム・カペル》とか出てきてみろよ。踏みつぶされておしまいだ」

「おいおい、馬鹿なこと言うんじゃねえよ！　そんなものが出て来たってなァ……！」

「出て来たって？」

問い返す俺に、ケルケイロは一瞬詰まってむきになって言おうとした言葉を呑み込み、冷静に情けない答えを返した。

「……剣姫《けんき》エリスがなんとかしてくれるだろうぜ」

俺たちの先頭を歩いている女性を見て、ケルケイロは顎《あご》をしゃくる。

大剣を背中に背負い、足場の悪さなど全く気にせずにのっしのっしと進んでいくその姿は、まさに頼もしいの一言だ。

彼女さえいれば、ここから砦に帰るのもそれほど難しいことではない。

そもそも、俺たち——俺、ケルケイロ、それにフランダと、いつもの俺のパーティメンバーであるノール、フィー、トリス——が砦を出て、魔の森という死地へと足を踏み入れることになった発端は、剣姫《けんき》エリスの言葉だった。

「まだあんたらは魔の森で戦っていけるほどの実力はついちゃいないが……一応、これから先、しばらくしたら必ず足を踏み入れなければならないんだ。今のうちにその雰囲気を味わって、目標をはっきりさせといた方がいいだろう」

そんなわけで、今日は訓練も早々に切り上げて、魔の森にピクニックに向かうことになった。

もちろん、ピクニック、などという可愛いものではなく、現実は魔法が飛び交う戦場のど真ん中に投げ込まれるに等しい。

しかし、エリスの言うことにも一理ある。俺たちはエリスと一緒にとはいえ、そのうち必ずここに足を踏み入れ、竜と戦うのだ。

ただ歩くだけで精神が擦り減っていくような有様では、竜退治など到底不可能だということを身に染みて理解しておく必要がある。

実際、ここに来た俺以外の子供五人は、砦からいくらも離れていないのに既にバテバテだ。

体力的にはまだ余裕があるようだが、そこかしこから感じられる強大な魔物の気配に警戒して気を張りすぎ、精神的疲労がたまっているようだった。

そのため、とてもではないが既にこれ以上進めそうもないような状態であり、それはエリスも理解しているらしい。

「……ったく。だらしないねぇ。まぁいい。今日はこの辺にしておこうか？」

そう言って大剣でがりがりと木に印を付け、砦の方へと踵《きびす》を返した。

まさか本当に帰還するとは思っていなかった俺たちは、一瞬棒立ちになってしまう。

「早く来な！　グズグズしてると魔の森の化け物どもが群れをなして襲い掛かってくるよ！」

そうエリスに言われて、慌てて駆け足で彼女の後について行った。

魔物に出くわせば、俺たちの実力では数分持つかも分からない、とみんな理解しているのだろう。

実に素直にエリスの言葉に従った。

そうしなければ、ここでは簡単に命を落とすことになると理屈なしに分かっていたし、またエリスだけが、この場を切り抜ける技術と力を持っていることも知っていたからだ。

そんなみんなの反応に、エリスは生まれたての雛を見るような温かい視線を向けていた。

しかし、ふと、遠くから轟音《ごうおん》が聞こえて来たとき、その表情は鋭いものへと変化する。

——ぐるぁぁぁぁぁぁぁぁ!!

耳をつんざくような、高く尖ったその鳴き声。

それが、どんな生物が発した声なのか、エリスはすぐに理解したらしい。

剣を構えて、彼女はあたりを見回しながら俺たちに言う。

「……あんたたち！　絶対に動くんじゃないよ！　……こいつは……竜だ!!」

エリスの言葉に、その場の全員が驚く。

砦に来た理由、そして訓練の最終目標。

それが期せずして近くにいると言うのだから、出来ることなら今すぐにでも倒したい。そんな気持ちが湧きあがってくる。

そしてそれは俺だけでなく、ケルケイロも同じだろう。

けれど、今の俺たちではどうやっても相手にならない。おそらく目の前に立つことすら出来ないだろうと分かっていた。

だからエリスの言う通り、体を硬直させて、ただ息を潜める。

エリスはそんな俺たちを見て、ふっと微笑んだ。

「……よし、いい子たちだ……それでいい。何、今だけのことさ……もう少し訓練をすれば、嫌でも対面させてやるよ。だから、今日のところは……我慢しな……」

静かに、そう囁《ささや》いた。

俺たちは音をたてないようにゆっくりと頷き、竜の鳴き声に耳を傾ける。

――ぐる……あ………あぁ………

少しずつ遠ざかっていく声。

どうやら、俺たちを狙ってきたわけではないらしい。

しかし力を抜くのは早い。いきなり進路を変える可能性だってあるのだ。

しばらく身を潜めていると、運良く竜はそのまま遠ざかってくれたようだ。

「……どうやら、行ったみたいだね。あんたたち。もういいよ。それと、今のうちだ。さっさと砦に戻ろうじゃないか」

エリスの言葉に、ふっとみんなの肩の力が抜けたが、ここで休むわけにはいかない。

砦に向かって歩き出すエリスにしっかりとついて、俺たちも動き出したのだった。

第16話　ティアナの徘徊

ティアナはその日の夜、とても喉が渇いたので、食堂に水を貰《もら》いに行こうと思った。

魔の森の砦はその性質上、二十四時間稼働している。

もちろん、夜になれば昼間よりは活動している人間の総数は少なくなるが、それでも動き回っている兵士の数はほとんど変わらない。

その理由は、魔の森という、常に魔物の蠢《うごめ》く危険地帯のすぐ近くにこの砦が存在していて、夜中であっても魔物の活動は決して低下しないからだ。むしろ、昼間は活動しない夜行性の強力な魔物が徘徊《はいかい》し始めるので、夜のほうが危険かもしれない。

夜でも起きている人がいることにティアナは感謝しながら、砦の奥まった位置にある部屋を出て、食堂に向かって歩いていた。

長い通路を歩いているうちに兵士たちともすれ違うが、ティアナのことは砦の最高責任者ロレンツォ・モスカから何かしらの伝達がされているようで、不審な目を向けられることはない。

もちろん、ティアナの身分についてまでは語られていないだろう。おそらくは、ロレンツォの親戚、などといわれているのではないだろうか。

たまに兵士たちから、「小さいのに砦の様子を見てみたいなんて感心だな！」などと声をかけられることもある。

後学のために、騎士や貴族の娘が危険な地域に出向くことは少なからずある。だから、ティアナのような幼い少女がここにいることも不自然には思われていない。それどころか、行き先としてこの国の中で最も危険と言われる場所を選ぶことに、賞賛が向けられたりもする。

「……なんだか、もうしわけないですけれど……」

ティアナは歩きながらそう呟く。

実際は兄の様子を見るためだけにここに来ているわけだから、騙しているのは間違いない。一生懸命、国を守るために戦っている兵士たち。彼らに嘘をついている自分が、少し情けなくなる。

しかし、それでもティアナはここに来なければならなかった。

彼女の兄、ケルケイロは放っておけば何をするか分からない人間であるから。

公爵家の長男などという、この国においてはほとんど頂点に近い立場に生まれておきながら、ケルケイロは自分の身を顧《かえり》みることをあまりしない。

本当なら、何百人、何千人もの国民の命と天秤にかけても、ケルケイロの命の方が重い、と迷いなく言われるような立場なのに、彼はむしろ、たった一人の平民のために命を捨てかねないのである。

ティアナの目から見て、そんな兄は誇りであると同時に、不安の種でもあった。

いつか、ティアナの前から消えてしまうかもしれない、そんな性格をしているケルケイロ。

大事な大事なその兄を、ティアナは近くで見ていないと不安でたまらなかった。

公爵家の者として、常に忙しく動き回っている父母よりも、ティアナにとって近しいのは兄のケルケイロなのである。

両親はティアナに対する愛情がない、などと考えたことはないが、二人ともいつもそばにいることは仕事の都合上難しかった。

だから、ティアナにとってケルケイロが最も近しい家族であり、誰よりも失うのが恐ろしい、大好きな人なのだ。

そんな人が国内で最も危険な地域の一つに行くと聞いて、どうして見送ることなど出来ようか。

可能な限り近くでその無事を確かめていたいと考えるのも、当然だろう。

そんな心理が、ティアナをこんなところまで連れてきたのだ。

後悔は、していない。

兄の無事を確かめられるなら、毎日彼が生きていると確認できるなら、それだけで危険地帯にいる恐怖など忘れられる。

そんなことを考えながら歩いていると、いつの間にかティアナは食堂に到着していた。

真夜中にもかかわらず、中にはそれなりに人がいて、食事を取っているようだ。

仕事が終わって食事を取っているか、もしくはこれから仕事が始まるために腹を満たしておこうというのだろう。

昼夜を問わず忙しく働いている彼らに、ティアナは頭が下がる思いがする。

本当なら一人一人にお礼を言いたいくらいの気分だが、そんなことをしてもただ邪魔なだけだ。

心の中でお礼を言うのもそこそこにして、厨房にいる人間に一杯の水を頼む。

「すみませーん。おみず、くださいー」

舌足らずなティアナの声。

兵士たちの声が響く食堂内において、それはか細く小さなものであったが、食堂で働く者は地獄耳らしい。即座に「はいよ!」と言う声が返ってきた。

さらに、十秒も経たないうちに水差しになみなみと注がれた水とコップが出てきて、ティアナは驚く。

先ほどまで厨房では調理の音がしていて、ちらりと覗《のぞ》いた限りでは、とてもではないが皆手が離せる様子ではなかった。

しかも、ただ水が入っているだけでなく、しっかりと冷やされていることに気づいて、さらに驚いた。

魔の森の砦の兵士たちは皆、精鋭だと父が言っていたのをティアナは思い出す。

そして、兵士のみならず、料理人でさえも超人であるらしいと、記憶を上書きした。

ティアナは水差しとコップを受け取って近くのテーブルに持って行き、そこで喉を潤《うるお》す。染みわたるような冷たさが心地よく、何杯も飲みたい気分になってくるが、それをやってしまうとまた目が覚めてしまうだろうからやめておく。

そして水差しを厨房に返すと、お礼を言って食堂を出た。

砦はかなり入り組んだ造りになっているが、部屋までの帰り道は覚えているから迷う心配はない。

だから、ティアナはそのまま自分の部屋にまっすぐ戻るはずだった。

その声が聞こえなければ。

「……馬鹿なことはやめてください。ケルケイロ様！」

それは、兄といつも一緒にいる貴族の子供――フランダの声だった。

ティアナは聞き覚えのあるその声が、自分の兄の名を呼んだことに興味を引かれて、近づいて様子を見ることにした。

砦の内部は幸いというべきか、かなり複雑な構造をしているため、隠れる場所には事欠かない。姿が見え、声が聞こえるくらいに近づいても、身を隠す気になれば見つかる可能性はかなり低かった。

実際、フランダは近くにいるティアナに気づいていない。

そして、彼の正面にいる少年――ケルケイロもまた、同じであった。

二人の会話の声はひそひそとしたもので、あまり人に聞かれたくなさそうな雰囲気である。

先ほどの大きな声は、フランダにとってよほど承服しがたい話をケルケイロがしたために、つい声が大きくなってしまったのだろう。

今は静かに、周りに注意を払って話しているようだ。

けれど、近くに隠れているティアナには、二人の会話が良く聞こえる。

「……フランダ。俺は、早く竜を倒したいんだ。そのためには、出来るだけ早く竜の姿を見て、その対策を練るのが一番だろう？」

それは、ケルケイロの声だった。

ティアナはそれを聞いて、やっぱり兄の目的は竜にあるのだと改めて確信する。

ケルケイロの意見を聞いて、本当に竜を倒す気ならばそれは確かに正しいのだろうなと、ぼんやりと思った。

父が良く言っている。敵を倒す一番の近道は、敵を良く知ることだ、と。

兄は、その父の言葉通りに実践しようとしているのだとティアナは感じた。

しかし、フランダは首を振った。

「それが、普通の魔物だったらおっしゃる通りでしょう。けれど、今回ばかりは相手が違います！

相手は、竜ですよ⁉　とてもではありませんが……近づいただけで命が危うくなるような存在です。

敵を知ろうとするのは良いことでしょうが、そのために死んでしまっては話にならないではありませんか……」

そのフランダの声には必死さが込められていて、つい彼の言い分に賛成したくなるような、そんな響きを感じた。

そして、ティアナは思う。

竜とは、それほどに危険な存在なのか、と。

竜について聞いたことはある。本でも読んだことがある。

そこでは、竜はただひたすらに強く、他の魔物や生き物とは一線を画す、強大な存在と言われているのが一般的であった。

会ったことがあるとか、見たことがあるとかいう者も少なからずいて、彼らはそのことをしきりに自慢するのだが、それでも最後に辿《たど》り着く結論は「絶対に竜と戦ってはならない」だった。

怖い存在なのだろう。きっとものすごく強くて、恐ろしい生き物なのだろう。

そう思っていた。

けれど、今回に限ってはどうにかなるのだろう、とも思っていた。

何せ、エリスがついていくという話なのだから。

リゼットが話してくれた、彼女の実績。その強さを聞いて、ティアナは安心できたのだ。

きっと、兄は大丈夫だと。

それなのに、今、兄は……

ケルケイロとフランダの話は続いていく。

「そもそも、竜を見に行くって、いったいどうやってそんなことをするつもりですか？　今日だって遠くに竜がいましたけど、あの距離だというのに、恐ろしいほどの圧力が伝わってきたのをケルケイロ様も感じられたでしょう？　あれに近づくなど……少なくとも、今の僕たちの実力ではどうやったって無理です」

フランダが必死にそう言い募る。

隠れながら、出来ることならフランダの主張に加わって、兄を止めたいとティアナは思った。

けれど、それは出来ない。

ティアナは今、ここにいないことになっているのだ。

ケルケイロはフランダに言う。

「エリスが言っていただろう？　今日はすぐ帰ってきたが、これからは定期的に魔の森に入って、俺たちにあの森に慣れてもらうってさ……その中には、森の安全な歩き方、ルート、それに魔物の分布なんかの説明も入ってるって話だろ？」

そういうものを知らなければ、魔の森を歩くことなどおぼつかない、ということだろう。

これにはフランダも頷いて理解を示した。

「それは……確かにそう言っていましたね。けれど、それがどうしたって言うんです？　……まさか!?」

驚いたように目を見開くフランダに、ケルケイロは不敵な笑みを浮かべて言った。

それはケルケイロらしい、ある種のカリスマ性を帯びた笑みだった。

「そのまさかさ。ある程度情報が集まったら、休養を与えられたときに俺たちだけで行ってみよう。まぁ……死にはしないだろう。少なくとも、それくらいには鍛えてやるって話だったじゃないか」

「しかし、ケルケイロ様！　そんなこと、ばれたら……」

フランダが不安そうに言って、ケルケイロを見上げる。

ばれたらどれだけの処罰を受けるか分からない、ということだろう。

彼らは確かに貴族ではあるが、ここにいる間の身柄は軍の預かりとなっている。

原則としては、ケルケイロたちをどのように扱おうとも軍の自由だ。当然、罰を与えることも可能なはずである。

しかしケルケイロは、フランダを励ますように彼の肩を叩いて、にこりと笑う。

「大丈夫だ。バレないさ……それによしんばバレたとしてもだ」

「バレたとしても？」

「俺を誰だと思ってる？　公爵家の御曹司様だぞ」

冗談染みた口調でそう言ったケルケイロは、そのまま踵《きびす》を返して、自分の部屋へと歩き出した。

「待ってください！　ケルケイロ様……」

フランダはそう叫びながら、ケルケイロを追いかけていく。

そしてそのまま、砦の通路の闇へと二人の姿は消えて行った。

ゆらゆらと揺れる蝋燭《ろうそく》の灯りが、妖しげに輝いている。

ティアナは今聞いた話を頭の中で整理しようと試みるも、あまりの驚きで考えがまとまらない。

ただ、一つだけ分かっていることがあった。

それは、ケルケイロがエリスという安全地帯を離れて、竜という恐ろしい生き物の領域へと入り込もうとしているということだ。

「……たいへん！　どうにかしなければ……そうですわ……わたくしがおいかけてみはっていれば……」

ぶつぶつと呟きながら、ティアナもまた自分の部屋へと走って消えていく。

その背中には焦燥と不安が立ち込めていて、彼女の苦悩を表しているようだった。

だからだろう。

ティアナは気づかなかった。

自分の背中をじっと見つめる影が一つ、そこにあることに。

その影は、ティアナが遠ざかっていくのを静かに見つめ、それから踵《きびす》を返すと、すぐに去っていった。

第17話　散歩と追跡

巨大な獣の鳴き声が聞こえる。

響き渡るその声は大きく空気を振動させ、俺たちに魔の森の恐ろしさを教えてくれた。

先日から始まった魔の森の散歩は、今日もいつも通りの時間に行われた。

初めてのときは恐ろしくてたまらなかったこの散歩だが、数回の経験を経て、みんな余裕が出てきている。

俺にとっては前世でも幾度となく歩いた場所なので、もともとケルケイロたちほどには怯《おび》えていない。

しかし、反対に今の彼らほど気を抜いてもいない。

ここがまさしく危険な場所であることを、経験によって知っているからだ。

「……気を抜くなよ」

少し弛緩《しかん》した空気を醸し出し始めている彼らに、俺はぼそりと言った。

こういうときが、一番危険なのだ。

自分はもう慣れた、この場所を良く知っていると油断し始めたとき、最大の危険がそこには忍び寄っているものだ。

　エリスはそんな俺の言葉を聞き、にやりと笑った。

「その通りだ、ジョン。もしかしたらお前たちは、もはやこの森に慣れ、どんな危険が襲って来ようとも事前に気づき、対処することが出来ると考えているかもしれない。けれど実際にはそんなに甘くないよ。私ですら接近に気づくことの出来ないような存在が、この森にはいるんだ。あんまり自分を信じすぎてはいけない。ここは、お前たちが思っているよりもずっと危険な場所なんだよ……」

　その一言一言から、経験に基づく魔の森に対する認識が感じられる。

　俺が言っただけならば、ケルケイロたちもノールたちも、少し神経質すぎるのではないか、と思ったかもしれない。エリスが同意してくれたからこそ、彼らの心も引き締まって、弛緩《しかん》していた空気の中にいい意味で緊張感が混じり始めた。

　そして、その瞬間を見ていたかのように魔物が現れて、俺たちに向かってくる。

「確かに、油断してる暇なんてなさそうだな！」

　ケルケイロがそう言って、全員が戦闘態勢に入った。

◆◇◆◇◆

魔の森での戦闘中、エリスは基本的には手を出さない。

俺たちだけではどうあっても対処できないような大物が現れたときだけ前に立って戦い、それ以外のときは傍観、ないしはサポートに回る。

それは俺たちに出来るだけ多くの実戦経験を積ませるためで、魔の森の散策をする前に言われていたことだった。

そして、魔の森の散策をいつ引き上げるかも、やはり俺たちの判断で決めるようにと言われていた。

それくらい出来なければ、とてもではないが竜と相対するところまでいけない、ということなのだろう。

実際に竜と戦うときは、実力からして当然のことながらエリスが前面に立つはずだ。そして俺たちも前に出て、彼女のサポートを受けつつ、彼女の足を引っ張りつつ戦うことになる。

本来なら無駄な行為だが、今回に限ってはおそらくケルケイロの父親から頼まれているため、エリスとしてもそうせざるを得ないだろう。

もちろん、それは無理だと判断したなら、エリスとてそんな依頼は断ったはずだ。きっと、仮に足手まといを連れて行ったとしても、自分なら竜を倒せるという自信が彼女にはあるに違いない。

だからこそ、ケルケイロの父ロドルフからの無茶な依頼を受けたのだ。

俺たちはそれに便乗させてもらっているわけだが、ケルケイロたち二人に加えて俺たちを連れて行っても、まだ竜に対処出来るらしいエリスの実力はどれほどなのか。

実際に本気で戦っているところは見たことないので分からないが、相当なものなのだろう。

そんなことを考えていると――

「ジョン！　そっちに行ったぞ！」

ケルケイロの声が響いた。

見れば、小型の猿のような魔物が俺の方に向かってくる。

その尻尾は槍のように尖っていて危険だ。身体は大きくないが、その分、速度が尋常じゃない。

ケルケイロは追い詰めきれずに逃がしたようだ。

エリスがいつでも対応できるように剣気を漂わせ始めているのを俺は感じたが、ケルケイロはともかく、俺にとってはその魔物の速度は対処できるものだった。

手に持った剣を構え、突き出された猿型魔物の尻尾を弾く。

さらにその直後に振り降ろされた爪の一撃も避けてから、冷静に剣を振り降ろし、その命を絶った。

地面に落ち、確かに死んだのを確認してから、俺は言う。

「……倒したぞ」

その言葉にエリスが頷いたので、全員が安心してその死体に近づいた。

「素材はどうする？」

ケルケイロが言った。

この魔の森の散策では、倒した魔物をどうするかも俺たちに任されている。

魔の森の魔物は、同じ種族であっても他の土地にいる魔物よりも強力なものが多い。そのため、魔の森の魔物の素材につく値段は通常よりも数倍高く、狩り続ければひと財産を築けるのである。

ただ、持ち帰れる量にも限界があるし、のろのろと素材を剥《は》ぎ取っていては、死体の匂いにつられてやってきた他の魔物の餌食《えじき》になりかねない。

そのため、倒した魔物の死体をどうするか、というのは魔の森で生き残るにあたり重要な判断となる。

その猿型の魔物はさして価値のある部分がなく、せいぜい尻尾の部分が矢じりとしてそれなりに重宝されている、という程度だと皆で教えられていた。だから、今回はそれだけ切り取って残りの部分は森に還すことに決め、さっさとその場を後にする。

すると、後ろの方からついてきているエリスが言った。

「悪くない判断だね……」

それが、他に最善の判断があったはずだという意味なのか、懸命な判断だったという意味なのかは分からなかったが、猿型魔物の死体からしばらく離れると、後ろからぼりぼりと何かを咀嚼《そしゃく》するような音が聞こえてきたので、おそらくは後者なのだろう。

咀嚼《そしゃく》音の前には巨大な足音も聞こえていたので、あのまま残っていたら他の魔物の餌食《えじき》になっていた可能性が高い。

もちろん、エリスがいるからそんな事態にはならないだろうが、あくまで彼女の戦力は当てにしないという前提でこの散策は行われている。

だから、この判断で問題ないはずだ。

俺は自分にそう言い聞かせ、魔の森の中を進んでいった。

◆◇◆◇◆

初めの頃よりも、大分、魔の森に慣れてきたからか、滞在時間はかなり長くなっている。

初期の頃はほんの数十分で帰っていたが、今ではここで食事をする必要が生じるくらいだ。

さすがに真夜中までいるというわけにはいかないが、夜の魔の森の様子もしっかりと知っておかなければならない。

いずれ暗い魔の森を歩くということも、エリスは訓練に組み入れていた。

それは、万が一魔の森を歩いている途中で不測の事態が起こり、エリスと離ればなれになってしまった場合に、少しでも俺たちの生存率を上げるための準備だった。

何が起こっても、たとえ一人になっても、どうにか魔の森で生き残り、助けを待つことができる。

そのレベルまで、エリスは俺たちを鍛え上げるつもりらしい。

そこまで到達できるかは分からないが、少なくとも彼女の期待に応えるべく努力を重ねなければならないというのは、全員が理解していることだ。

徐々に日が暮れて暗闇が深くなる森の中で、たき火を囲んで食事をとる。

食事は、砦の食堂の料理係が作ってくれた携帯食である。

通常、携帯食といえば味気なく、腹を膨らませることだけを目的に作られているようなものだが、魔の森の砦ではそうではないらしい。

大量に食べたい、というほどではないが、食べていて満足感を覚える味があり、携帯食にしては上々のものであった。

「魔の森の砦は、こんなところまで違うのか……」

俺がそう呟くとエリスが笑って言う。

「まぁ、それも魔物の肉が良く採れるからこそ作れるものらしいけどね。詳しい作り方は知らないが、強力な魔物の肉をふんだんに使って作るらしいから、他の地域じゃ中々難しいみたいだよ」

前世でも食べたことのないものだったが、そういう事情があるなら納得である。

そもそも、前世の戦争が始まってからは、食糧事情は悪かった。

味よりはとにかく量をという雰囲気で、気にすることもなかったが。

「……ちょっと用を足してくる」

そんなことを考えていると、ケルケイロがそう言って立ち上がった。

長時間、森の中で過ごしていたのだ。生理的な欲求がどうにもならない場面というのは当然ある。

ただ、目の前でしろというわけにもいかないので、そういうときは出来るだけ離れないところでする、ということが一応決まっていた。そして、必ず一人が付き添うということも。

警戒しすぎな気もするが、ここは魔の森だ。

用心するに越したことはないだろう。

しばらく経って、ケルケイロと彼に付き添ったフランダが戻ってくる。

特に何も起きなかったようで、俺たちは食事を終えた後、探索に戻ったのだった。

◆◇◆◇◆

「……おにいさまが、みなさんからはなれましたわ！」

ティアナの声が、暗い魔の森に響いた。

隣にはリゼットがおり、ティアナと同じ方向を見つめて立っている。

しかしその表情は極めて不安そうだ。

手には何かぼんやりと光る玉のようなものを持っており、そこから出る光が二人を包み込んでいた。

「どうされるのですかぁ？　ティアナ様ぁ。ねぇ、もう帰りましょうよ……危ないですよ……」

リゼットはそう言ってティアナの服を引っ張る。

しかしティアナは聞く耳を持たず、本隊から遠ざかるケルケイロとフランダを追いかけた。

「だめですわ……あのふたりは、ふたりだけで竜のところにいこうとしているのですから。わたくしはいもうととして、それをとめるぎむがあります……」

「と、言われましても……実際何もできないじゃないですかぁ……危ないですよぅ……」

どうやらリゼットは、どうあってもさっさと帰りたいらしい。

しかしティアナは言う。

「なにをいっているのです。リゼットのそのまどうぐ、『不可視のオーブ』のちからで、ここまでなんのきけんもなくたどりつけたではありませんか。——さすがに、鉛牛《プルムブム・ボース》がちかづいてきたときは、もうだめかとおもいましたけど……でも、だいじょうぶでした」

「それは結果論ですよぅ……」

リゼットの持っている玉、それは特殊な力を持つ魔導具だった。

それを使用すれば、オーブから一定の範囲にいる者は不可視となり、また魔力や気配なども完全に遮断される。フィニクス家に伝わる家宝の一つであった。

なぜそんなものがここにあるのかと言えば、ティアナが宝物庫から黙って持ち出したからだ。

ケルケイロに気づかれずに彼を追いかける、という目的にこれほど適合する道具はない。そのためにこれを選んだのだとティアナは言った。

ただ、この魔導具は単に持っているだけでは発動せず、魔力を持つ者がいなければ何の意味もない。

幸いなことに、ティアナも、それにリゼットも魔力を持っている。

当初、ティアナは自らこれを使用するつもりだったが、まだ幼くて魔力量がそれほど多くないため、断念した。

魔力はあまり使用しすぎると意識が遠くなるなどの問題が生じてしまう。

ティアナの魔力は成長するにしたがって増えていくだろうが、今の時点ではリゼットの方が多かった。

そのため、リゼットがこのオーブを所持し、使用することになったのである。

オーブの効果は絶大で、今のところ、魔の森の魔物すら欺《あざむ》くことが出来ている。

だから、ティアナの言う通り、このまま問題なく追跡を続けられる可能性は高いのだが、不測の事態というのはいつ起こるか分からないからこそ、「不測の事態」なのである。

それを理解しているリゼットは今すぐにでも帰りたかったのだが、ティアナが言う事を聞かない以上、どうしようもない。

いざとなったら姿を現して、エリスに助けを求めようと心に決めて、リゼットはティアナの後についていった。

「……おにいさま。用を足しにいかれたのでしょうか……？　いえ、ちがいますわ。どんどん本隊からはなれていっています。これは……いまから竜のところにいかれるつもりなのかもしれません！　おいますわよ、リゼット！」

ティアナはそんなリゼットと対照的にやる気満々である。

リゼットは前途多難であろう今後を思って、両手を組んで神に祈りを捧げた。

「……どうか神さま。ティアナ様と……ついでに私も、命を落とさないように、出来れば五体満足で砦を後に出来るようにお願いいたします……」

「なにをしているのですか、リゼット！　はやく！」

「あっ、はいぃ〜！」

こうして、二人の追跡行は続くのであった。

第18話　盗み聞き

それからしばらくの間、魔の森を探索した。

いくらかの魔物を倒しつつ、魔の森の動植物について、また、この森でどうやって生き残るのかについて、エリスに講義を受けながら進んでいった。

そして体力と魔力に余裕がなくなってきて、そろそろ戻らなければならないと皆が感じてきたころ、ノールが言った。

「皆から結構離れた。俺はもう魔力を半分近く使ったし、帰りの分を考えると戻ってもいいと思うんだが……」

その言葉にケルケイロも同意する。

「そうだな。そうしようか。俺はまだ少し余裕があるけど……これくらいで戻っておくのが安全を考えるといいのかもしれない」

勿論《もちろん》、俺にはまだまだ余裕があった。この倍以上の距離を進んでも、問題なく戦える程度の体力と魔力の余裕が。

けれど、他のメンバーはそうではない。疲労困憊《こんぱい》、とまではいかないが、その動きは森に入った頃と比べて鈍り始めている。

ノールやケルケイロの言う通り、帰路を考えればここで引き返すのが一番だろう。

「よし、じゃあ戻るか」

皆の顔を見ながら俺がそうまとめると、全員が頷いた。

「あんたらも、魔の森に大分慣れて来たみたいだね。いい調子だ」

俺たちの判断に納得できるものを感じたらしいエリスが、そんな風に呟いた。

そして、皆の方向を確認して歩き始めた俺たちの後ろからついてきたのだった。

◆◇◆◇◆

砦への帰路に、特に危険なところはなかった。

遭遇した魔物のなかには強力なものもいたが、倒すことが難しそうな場合は息を潜めてやり過ごし、無理に戦わずに帰還を第一の目的として対処したのが良かった。

一切の怪我もなく、というわけにはいかなかったが、重傷を負った者は一人もいない。せいぜいが、放置しておいても一日、二日で治るような軽傷だった。

ただし、森を歩けば感染症などの危険もある。消毒をした上で、砦の治癒術師に見せて治してもらった。

もちろん、明日の探索を考えてのことでもあったのは、言うまでもない。


「……乾杯っ！」

ケルケイロがグラスを掲げてそう言った。

その日の食堂も、いつもと同じように賑わっていて活気があった。

テーブルの座席は、最初に食堂を使ったときとはかなり変わっている。

砦に詰めている軍所属の者たちの座席は変わっていないのだが、ケルケイロとフランダ、それに俺たち魔法学院生は、今や一緒のテーブルを囲んでいるのだ。

ケルケイロたちは本来、もっと上座にいるべきなのだが、しばらく彼らと接した結果、砦の者たちも理解したのだろう。こいつらが、一般的な貴族とは何か違っているということを。

もちろん、それだけで席次を変更するものではないが、当人たちがエリス、それにこの砦の最高責任者たるロレンツォ・モスカ准将《じゅんしょう》に変更希望を伝えたため、普通ならあり得ない席次になっているのである。

俺たちは、彼らの部屋で一緒にお菓子やぜいたく品の類《たぐい》を食べ、砕けた口調で語り合って打ち解けた仲である。

流石《さすが》に食堂でそんな口調で話すのは、俺たちにとっても、またケルケイロたちにとっても良くないということは、みんなが分かっている。だから、貴族・平民の立場をわきまえた会話をしているが、それでも親密な空気が漂っているようで、砦の兵士たちは俺たちのテーブルを見て不思議そうな顔をしていた。

貴族が平民とこんな風に仲良くなることは少ない。また子供であるほど余計にそういう傾向がある。

ある程度年齢を重ねれば体面や顔に張り付けるべき仮面というものを学び、平民たちも自分は貴族を重んじているのだ、というポーズを不本意であってもとるようになるものだが、子供のころはどうしてもそうはいかない。

そして貴族は貴族で、自分の特権を意識した態度ばかりが目立つものだ。

しかしケルケイロにもフランダにもそういう部分は全くなく、心から楽しんで俺たちと接しているように見える。だからこそ、兵士たちは不思議だったのだろう。

「そんなにおかしいかね？　俺は普通にしているつもりなんだけどな」

ケルケイロがそんな風に呟くと、フランダが首を振って言った。

「その普通というのが滅多にないからこそ、砦の者たちは不思議がっているのだと思いますよ……しかし、それを言うならお前たちもだな。平民のくせに打ち解け過ぎだ！」

フランダは俺たちに向けてそう言ったが、特に嫌そうな顔はしていない。

むしろ嬉しくて、じゃれているのだと分かる表情だ。

すると、コウが途端に真面目そうな声で話しかける。

「そうですか？　でしたら、これまでのご無礼をお許しください、フランダ様。我々の態度は目に余るとのお言葉、おっしゃる通りかと存じます。お二人が余りにも我々に目をかけてくださるので、私は少しばかり勘違いをしてしまいました。かくなるうえは、この場において自害を……」

そんな歯の浮きそうなセリフを言い始めたので、ケルケイロが慌てて止めに入った。

「おい、やめろよな。今さらそこまで遜《へりくだ》られても、寒気がしてくるぜ！　フランダもそうだろう？」

「……まぁ、自害などする必要はないですね。それに……非常に洗練された言葉遣いでしたが……正直、寒気がするというのは同感です」

二人して苦々しく言うので、コウは肩を竦《すく》めて笑ったのだった。

俺たちが和やかに話していると、突然、それと異なる空気が流れ込んできた。

どこかピリッとした雰囲気を帯びた兵士が、慌てた様子で食堂へやってきたのだ。

彼はそのままロレンツォとエリスのところまで行くと、その耳元に口を寄せて何かを伝え、その直後、ロレンツォたちは食事を中断して食堂を出て行った。

「……おい、何があったんだと思う？」

ケルケイロの言葉に、俺は首を振る。

「分かりませんね……しかし、魔の森の砦ですから。よく異変が起こるのは間違いないでしょう。それほど珍しいことでもないのは、食堂の他の兵士の方々を見れば分かりますし……あまり気にする必要もないのでは？」

食堂にいる兵士たちにも当然、今の兵士とエリス、ロレンツォとのやりとりは目に入っていただろう。しかし、特に慌てる様子もなく、ざわめいたりもしていない。

「そうか……そうだな」

ケルケイロは俺の言葉に頷いたものの、その表情は少しばかり不安そうだ。

「何か気にかかることでも？」

そう尋ねると、ケルケイロは首を振る。

「いや……何もないんだが、なんというか……変な感じがしてな。すまん。うまく言えない……」

それからは普段通りのケルケイロに戻り、食事を続けた。

歯切れの悪いケルケイロの様子が気にならなかったと言えば嘘になるが、本人がうまく把握できていない心の動きを他人である俺が分かるはずもない。

その場では気にしないことにし、俺も食事と会話に没頭したのだった。

◆◇◆◇◆

けれど、「気にしない」という選択は間違っていたと思ったのは、夕食後のことだった。

その夜も、俺たちはケルケイロの部屋に集まり、皆で歓談することにしていた。

しばらくすると、ケルケイロが「ちょっと夜風に当たらないか」と言い出し、俺たち二人は部屋を出たのだ。

そのときは、ただ何の気なしに部屋を出ただけだったのだが――問題はその後に起こった。

「なぁ、ジョン……何か今日は随分と砦が慌ただしくないか？」

砦の通路を歩きながらケルケイロにそう尋ねられたので、俺はきょろきょろと見回して答える。

「……言われてみると、確かにな。まぁ、食堂でエリスとロレンツォ准将《じゅんしょう》に報告されたことが関係してるんじゃないか？　まだ解決してないんだろう……」

その頃から砦を走る兵士の姿が目立ち始めたため、この予想はそれほど外れていないだろう。

「何があったか、気にならないか？」

俺は少し考えてから答える。

「気にならないわけじゃないが……魔物が襲ってきただけじゃないか？　あまり巨大な魔物が出ると、狂山羊《インサニアム・カペル》のときみたいに砦の壁が破壊される可能性もあるからな……」

言いながらも、俺はこの自分の言葉をなんとなく信じられないでいた。

ただの勘、と言ってしまえばそれまでだが、そういうものが俺に訴えるのだ。

これは、何か大変なことが起こっているぞ、と。

しかし、確信はない。

もしこれが前世だったら、この勘に従って動いていたかもしれない。

あの頃のいつも心を張りつめていた俺なら、戦場においては、こういう勘が往々にして人の生死を分けるのだと、よく理解していたはずだから。

けれど、非常に危険なことに、俺はそういうものを忘れかけていた。

血みどろの戦場を離れて、もう十年になるのだ。

忘れてしまっても仕方のないことだが、しかしそれは俺に間違いを誘った。

ケルケイロは俺に言う。

「実はな、向こうに行くと、ロレンツォ准将《じゅんしょう》の部屋がある。さっき、エリスがそこに入って行くのが見えてな……多分、今日起こってる異変関連の話をしてるんじゃないか」

「……おい、まさかお前……」

「そうだ。盗み聞きしに行こうぜ？　なに……問題はないさ。いざとなったら俺には権力があるんだ。少しくらい盗み聞きしたって……」

冗談で言っているのか、本気で言っているのか。

権力——の部分は冗談だろうが、その表情を見る限り、盗み聞きについては本気らしい。

困ったものだと思いつつ、俺は昔を思い出していた。

軍にいてもケルケイロのこういう所は変わらず、たまに問題行動を起こし、そのたびに俺は付き合わされたのだ。

もちろん、本当に大きな問題になりそうなことはやっていないが、気に入らない上司の酒を拝借する程度のことは結構あった。

そんな懐かしい記憶を思い出してしまったからだろう。

俺はケルケイロの行動を止める気にならなかった。

それに、盗み聞きなど大したことではないようにも思えた。ただ、ちょっと話を聞きに行くだけだ、と。

「だが……どうやって近づくんだ？　ロレンツォ准将《じゅんしょう》の部屋に。そもそもエリスが気づかないとは思えないんだが」

エリスは一騎当千《いっきとうせん》の魔剣士だ。その気配感知の範囲も恐ろしく広いだろう。扉一つ隔てたくらいで、誤魔化せるとは思えない。

「お前、魔法を使えるだろう？　気配を消すくらいのことは出来るんじゃないのか？」

確かにそれは可能だし、それほど難しいものでもない。

「……俺を当てにしてたのか」

「当たり前だろ？　じゃなきゃ一人で行ってたぜ」

俺はその言葉にため息をつきつつ、その方が良かったかもしれない、と思う。

ケルケイロ一人で行っていれば、エリスは彼に気づいて、何かあったとしても止めてくれただろう。しかし俺が一緒に行って魔術を使えば、エリスは気づかないかもしれない。

どうすべきか悩んだのだが、何かあれば聞かなかったことにすればいいか、という安易な考えで決めてしまった。

「はぁ。分かったよ……じゃあ、かけるぞ」

そう言いながら、俺は魔力を練り、魔法を発動させるべく詠唱を始めた。

旧式魔法を使おうかと思ったのだが、それだとエリスに気づかれる可能性がある。

そのため、ナコルル式魔法を使って気配を隠蔽《いんぺい》することにした。

この時代には存在しないはずの魔法である。

いかにエリスといえども、彼女にとって初見の魔法であれば欺《あざむ》くことができるだろう。

ちなみに詠唱をしたのは、ケルケイロに旧式魔法であると誤認させるためで、実際には何の意味もない。

「……よし、これでいいはずだ。出来るだけ、物音は立てるなよ」

極めて気配が薄くなった俺を見てケルケイロは驚いていたが、それが魔法の効果であると分かったのだろう。

微笑んで頷き、それから俺たちはロレンツォ准将《じゅんしょう》の部屋に近づいたのだった。

第19話　発覚

「しっかりと探したのですか⁉」

俺とケルケイロの耳に飛び込んできた最初の一言は、エリスのそんな怒鳴り声だった。

驚いてびくりと体を震わせるも、物音を立ててはいけないと思い、改めて息を殺して聞き耳を立てる。

すると、エリスの声に続き、ロレンツォの声も聞こえてきた。

「……エリス。何度聞いても同じだ。この砦の中は隈なく探した。しかし、それでも見つからないのだ」

「しかし……彼女たちの部屋の前には、それとなく監視をつけていたはずです。彼らの目の前を通らなければ、部屋を出ることすら出来ないはずなのに……どうやって砦を出たと言うのですか⁉」

「それは私にも分からないが……彼女は貴族だからな。何か特殊な魔導具の類《たぐい》を持っていた可能性もある。兵の監視や君の目すら、すり抜けるような……」

「だとすれば、彼女たちは……」

「あぁ。十中八、九、森の中、だろうな。しかし、なぜわざわざ森に向かったのだ？　そんなことをする理由は、彼女たちの滞在目的から考えても存在しないぞ」

「確かにそうですね……いや、それを考えるのは後回しにしましょう」

「うむ。とにかく、草の根を分けてでも見つけ出さねばならん。既に森には兵をやっているが……見つかると思うか？」

「魔の森は、広大です。それに、人の気配はあの森の中では希薄になる……魔力の分布が異常ですから。かなり厳しい状況かと……」

重苦しい二人の会話からは、明らかに誰かを捜索していることが分かった。

そして、それが誰なのかも、俺にははっきりと分かる。

ティアナとリゼットだ。

ケルケイロとフランダを除けば、ここに来ている貴族など彼女たちしかいないだろう。

彼女たちが砦を抜け出して、魔の森に向かった、ということなのだ。

俺は血の気が引いた。

ケルケイロはティアナたちがここに来ていることを知らないから、特に表情を変えずに聞いていた。しかし、俺の顔が蒼白になっていることに気づいて、首を傾げて囁《ささや》き声で尋ねてきた。

「おい、ジョン……どうした？　エリスたちの話がそんなにショックなのか？」

「いや……」

どう答えたものか、俺は悩んだ。

正直に答えれば、今すぐにでも助けに行くと言って、ケルケイロが魔の森に走り出す危険があったからだ。

しかし、彼が魔の森に飛び出して行ったところで、どうにかなる話ではない。

俺なら、どうだろうと考える。

分からない。

見つけられるかもしれないが、無理かもしれない。

俺は決して弱くはないが、それでも並外れた才能があるわけでもない。

一人で魔の森を歩いて、どれだけ生き延びられることか……

だが、それでもティアナを助けない、という選択はできない。

だから、ほとんど心は決まっていた。早くこの場を去ってケルケイロを部屋に帰し、すぐに魔の森に向かおうと、そう思っていた。

しかし、扉の向こうから聞こえてくる会話がそれを許してはくれなかった——それどころか、事態は最悪な方向へと進むことになる。

「フィニクス家のご息女だ。必ず助けなければならない……」

ロレンツォの苦悩のこもったそんな一言が、俺とケルケイロの耳に入ったのだ。

ケルケイロの表情が、恐ろしいくらいに一変する。

「……は？　おい、どういうことだよ……フィニクス家のご息女？　なんだ、ティアナが来てるのか……？」

「ケルケイロ、落ち着け」

しかし、そんな言葉で落ち着くわけがなかった。

ケルケイロは更に声を大きくして言う。

「ジョン！　お前、知ってたのか？　ティアナがここにいるって！」

「……先日、偶然ティアナとリゼットに出くわした。お前には言わないでくれって頼まれたよ……」

「じゃあ、ロレンツォやエリスの話は……」

「おそらく、彼女たちのこと、なんだろうな……」

そこまで聞いたケルケイロは俺の胸ぐらを引っ掴《つか》み、壁に押し付けながら、声を抑えて言う。

「ジョン……お前、なんで言ってくれなかった……」

「……言うなって言われたからだよ。それに、こんなことになるなんて思ってなかったんだ」

そう、俺は予測してなかった。

いや、こんなことが起こるなんて、知らなかった。

だから、安心していたのだ。

無意識に、何も危険なことは起こらないと、勝手にそう思っていた。

未来を知っているから。

前世では、こんなことは起こらなかったと。

今世では、俺の行動によって歴史が変わり始めているというのに、そのことを良く考えもせず。

こんな余裕など持つべきではなかった。

もっと細心の注意を払うべきだった。

だが、その思いも全て後の祭りだ。

まっすぐに、俺を睨《にら》みつけているケルケイロの瞳。そこから目を逸らさずに、俺は言った。

「……悪かった。俺が言わなかったから……」

本当に、心からそう思った。

何が起こるか分からないと思って注意していれば、こんな事態は避けられたはずだ。

けれど、ケルケイロは、俺よりも大人だった。

前世から数えて、俺の方がずっと年上なのに。

ケルケイロは、俺の胸ぐらを掴《つか》むその手から、徐々に力を抜いていく。

そして、ゆっくりと俺を地面に降ろすと、静かに、申し訳なさそうに言った。

「……いや。いや……ジョン、お前は悪くない。誰も悪くはない。誰かに責任があるとすれば、それは何も言わずに砦を出て行ったティアナだろう。お前がもし、俺にティアナのことを伝えてくれていたとしても、俺は多分ティアナを思って騙されたふりをしていたはずだ。そうしたら……ほら、結果、同じことになっていただろう。お前は、悪くない……」

激情を押し殺したような、こわばった声だった。

そしてその声には、俺がかつて幾度も聞いてきた、妙な響きが宿っていた。

「そうだ……俺はティアナの兄貴だ。だから、悪いことをした妹は捕まえて、叱らなきゃならねぇ。俺は……行くぞ、ジョン。ティアナを助けに……そうだ。俺は行くぞ！」

死を厭《いと》わず、立ち向かう者の声。

かつての戦いの最中、家族や恋人を守ろうとする兵士たちの声に感じられた響き。

それを、今のケルケイロの声は纏《まと》っていた。

ケルケイロは言うやいなや、砦の出口に向かって走り出した。

あっちには、魔の森へと続く道があるはずだ。

俺は叫ぶ。

「待て！　ケルケイロ！」

しかし、ケルケイロは止まらない。

俺がかけた隠匿《いんとく》の魔法によってケルケイロの気配は感じにくくなっており、少し遠ざかっただけで、俺にすら彼の居場所がつかめなくなってしまった。

「くそ！」

叫びながら、俺もまたケルケイロの後を追うべく、走り出す。

「誰かいるのか⁉」

背後から扉の開く音とエリスの声が聞こえたが、説明している時間はない。

ケルケイロを一人で放っておくことの方が危険だ。

砦の中は複雑に入り組んでいる。

一つの目的地に向かうための経路はいくつもあり、経路ごとに距離もまちまちである。

俺が選んだ道は、どうやらケルケイロとは別の道だったらしく、どれだけ進んでも彼の姿は見えなかった。

隠匿《いんとく》の魔術が解けるのを待って捕まえるしかないが、あと十分程度は持続するだろう。

そうすると、魔の森まで行かなければならない。

……覚悟を決めるしかない。

砦の出口まで着くと、そこにはミスリル銀製の剣がいくつか立てかけられていた。いざというときに使えるように、砦のいたるところにこうやって武器が立てかけられているのだ。

俺はそのうちの一本を引っ掴《つか》み、また置いてあった簡易のチェインメイルを被って森の方へと走る。

ケルケイロが魔の森に行ったのは、もはや火を見るよりも明らかだった。

砦の出口の壁には、もう一本、ミスリル銀製の剣が立てかけられていたはずだ。

それがない、ということは、間違いなくケルケイロが取って行ったのだろう。

「……くそ！」

それしか、言葉が出てこない。

何もかもが、失敗に思えてくる。

久々の感覚——この先には後悔と絶望が待っていることを、俺はよく知っていた。

昔はいつも感じていた。

しかし、今回はこの感覚を後悔につなげるわけにはいかないのだ。

ケルケイロも、そしてティアナも、あのメイドも！

全員無事に帰したいと、強く思った。

だから、俺は指笛を吹いた。

吹けば、やって来てくれると分かっていた。

俺がこの砦で研修することが決まって、心配性なのか、わざわざここに来てくれていた、俺の友人——

突風が吹いた気がした。

そして、気づけばすでに目の前にいる。

『——何かあったのか。我が友よ』

白銀の体毛と、二本の水晶づくりの角を持った巨大な狼——クリスタルウルフのユスタが、俺を見下ろしていた。

◆◇◆◇◆

森を行くケルケイロの頭のなかは、ぐちゃぐちゃだった。
けれど、それでもこの足を止めてはならないと、心の奥深くから突き動かされていた。
そうしなければ、妹は助けられない。
そして思った。
ジョンは悪くない。何一つとして。
悪いのは、俺だ。
あの兄離れの出来ていない妹の気持ちを考えずに、こんなところに来てしまった。
魔の森に行ったとしても、危険なのは自分だけだとケルケイロは思っていた。
どんなに悪くても自分が死ぬだけで、他の誰がどうなるということはないのだ、と。
けれど、現実は違った。
好きに振る舞うというのは、こういうことなのだと思い知らされた。

自分は、何も分かっていなかったのだ。

そんなことを思いながら、ケルケイロは走る。

幸い、森の魔物とすれ違うことはあっても、襲われることはなかった。

心をかき乱されながらも、どこか冷静な部分が、これはジョンのお陰だと告げていた。

彼のかけてくれた隠匿《いんとく》の魔法がよく効き、エリスたちのみならず、魔物の目からもケルケイロの姿や気配を隠してくれているのだ。

走りながら思う。彼は一体何者なのだろう。

腕利きの魔剣士エリスの感知から完全に逃れられる隠匿《いんとく》の魔法を使用する、有能な魔術師。

公爵家の継嗣《けいし》であるケルケイロに何の気負いもなく対等の口を聞き、するりと懐に入る器用さを持ち合わせている。さらには自分の知らないうちに妹とまで交流を持っていた。

そう考えると何だか軽い奴のような気がしてくるが、実際はそうではない。

ケルケイロが先ほど、なぜ自分にティアナが砦にいることを教えてくれなかったのかと責めたとき、彼は本当に心の底から謝罪したのだ。

あの瞳、あの仕草は、嘘ではない。

ケルケイロはこの年にして、息をするように嘘を吐く貴族を山ほど見てきた。だから嘘を見抜くのは得意であったが、ジョンから感じたのは、ただひたすら誠実な謝意のみだったのだ。

本来なら、貴族と平民で身分も違い、何の関わり合いもない相手だ。

少し話をして仲良くなったのかもしれないが、魔の森に自ら足を運ぶ馬鹿な貴族など、見捨ててしまっても誰からも責められやしない。

なのに、ジョンはそうではなかった。

心の底から悔しがり、後悔の念を強く浮かべていた。

あのときの彼の表情を思い出しながら、ケルケイロは呟く。

「……嫌な別れ方をしちまったな……最後かもしれないのに」

ケルケイロには分かっていた。

魔の森に飛び込むことがいかに危険なことで、どれだけ帰還の可能性が低いか、ということを。

しかし、だからこそ、妹をこんな森にいさせるわけにはいかなかった。

必ず、自分が守る。

一秒でも長く。

たとえ自分の命が消えるとしても、ティアナは絶対に守る。

だから、ケルケイロは走った。

ティアナのいる場所は分からない。

ただ、心当たりがないわけでもない。

彼女が砦に来たのは、ケルケイロを監視するためだろう。

実家にいるときも、ふと気づくとメイドのリゼットと一緒に柱の陰に隠れて、ケルケイロをじっいケルケイロは気づかないと監視していたことが多々あった。隠れるのが下手でバレバレだったが、ケルケイロは気づかないふりをしていたのだ。

今回も、おそらくはその延長だ。

だとすると、ティアナは途中まで、ケルケイロの後ろにくっついていたのだろう。そして、どこかではぐれたのだ。

そういえば、ケルケイロは今日の魔の森の探索で、一度だけ用を足しにパーティを離れたことがあった。

あのタイミングが、最もケルケイロの姿を見失いやすい瞬間だったはずだ。

だから、あの場所に行けばいい。

それにティアナは素人なのだから、どこに行ったにせよ、森を歩いた痕跡が見つかるはずだ。

あの場所から足跡を追っていけば、あるいは……

可能性は低いが、むやみやたらに探すよりはマシなはずだ。

ケルケイロはそう信じて疑わなかった。

いや、疑ったら何もかも終わってしまいそうで——ただ、怖かった。

第20話　探索

「おい、お前たち！　ジョンとケルケイロはどうした⁉」

ケルケイロとフランダのために用意された部屋に、血相を変えて飛び込んできたのはエリスだ。

その場にいる者たち――フランダ、パーティメンバーのノールたち、それにタロス村出身のテッドたち――は、そんなエリスの表情に驚き、何があったのかを顔を見合わせて視線で尋ねあう。

しかし、事態を把握している者は誰もいなかった。

「二人とも夜風に当たりに行くと言ったっきり、戻ってきてないですが……何かあったんですか？」

テッドが一同を代表してそう答えると、エリスの眉間の皺《しわ》が深くなる。

「くそ、やっぱりさっきのはあいつらだったのか⁉　一体どうやって……いや、それは問題じゃない。あんたたち！」

悪態をついた後、エリスは一同を見渡し、言う。

「まさか、グルじゃないだろうねぇ……？」

エリスの声は、獲物の首筋に噛《か》み付いた虎の唸《うな》り声に似た響きだった。

その場にいる誰もが、この質問に対する答えを間違ったら死ぬ、と直感したほどだ。

もちろん、本当に殺されるわけではないだろうが、酷い目に遭うことは間違いない。

誰もが息を呑んで返事が出来ないでいる中、こういう場面に慣れているコウが立ち上がり、堂々とした声で言った。

「グルって、何のです？　ジョンとケルケイロは……一体何をしたんですか？」

そう言ったコウの目を、エリスは射抜くように見つめた。

横で見ているだけで震え上がりそうな恐ろしい視線だったが、コウはどこ吹く風である。

永遠に続くかと思われたその時間は、しかし意外にも、ふっとエリスが視線を逸らしたことで終わった。

「……違うようだね。しかし、コウ。表情を取り繕《つくろ》うのはうまいようだけど、足が少し震えているよ？　怯《おび》えはもっとうまく隠すことだね」

エリスは不機嫌そうに言って、部屋を出て行ったのだった。

エリスが立ち去ると、コウはその場にへたり込んだ。

「へっ……うるせぇよ。あんなこええ目で見られて、怯《おび》えない奴がいるかっての！」

悪態をついたコウは、それから息を吐いて尋ねる。

「ジョンとケルケイロに何かあったみたいだが……お前ら、心当たりはあるか？」

その場にいる全員が少し考えるも、皆同じように首を横に振った。

「ジョンはな、村にいたときから、たまに突拍子もないことをする……二人一緒にいるなら、大丈夫だろうが……」

　テッドがそう呟いた。

「だといいけどな。エリスの顔見たか？　ありゃあ、よっぽどのことがあったって顔だ。あの人が焦るところなんて、砦に来てから初めて見たぞ」

　ノールがそう言って、不安そうな顔をした。

「……ケルケイロ様も、向こう見ずなところを持っていらっしゃるからな……何もなければいいが……」

　フランダも心配そうに漏らす。

　しかし、一体何が起こったのかについては、エリスは何も言わずに出て行ってしまった。ここにいる一同に、詳しく教える気はなかったのだろう。

　しかし、誰もが二人の情報を欲していた。

　とにかく何か情報を得なければ、と思った一同は、誰ともなくその場に散乱していた食べ物類を片付け始め、それから事務的に班分けを始めた。

　二人に何があったのか、手分けして情報収集することにしたのだ。

　砦の区画ごとに担当を決め、聞き込みで得られた情報は、あとでまたここで落ち合って集約する、ということになった。

「じゃあ、みんな頼むぜ。うまく話を集めろよ。直接聞いたって答えてくれねぇんだ。きっとな」

コウが悪巧みをするように、にやりと笑う。

全員が頷いて部屋を出て、それぞれの場所に向かっていった。

◆◇◆◇◆

「……あった！」

その場所に着くと、明らかに人の踏みしめたと思しき跡が見つかり、ケルケイロは歓喜した。

それは、二人の足跡。片方は小さく、もう片方は成人のものだ。

普通なら森の中で人の足跡などそう簡単に見つけられないが、エリスから講義を受けていたお陰で、今のケルケイロにはそれが可能になっていた。ケルケイロは、エリスに心の中で感謝する。

砦から武具と一緒に拝借した魔導具で暗い森の中を照らし、その足跡を追う。

僅《わず》かな光源とはいえ、魔物に自分の位置を教えることになるのではないかと思い、ここまで使わないようにしていたが、今のところ魔物が寄ってくる気配はない。

ジョンのかけてくれた隠匿《いんとく》の魔法がまだ効いているのかもしれない。

森に入って一時間以上は経っている。もう魔法が解けていてもおかしくないはずだが……

それとも今は魔法が弱まっている状態で、それでもなお、ある程度の効果が持続しているということだろうか。

だとすればありがたい限りだが、そうすると余計に分からなくなる。

そんな魔法など、聞いたことがない。

どんなに長時間持続する魔法でも一時間も経過すればほぼ効力はなくなっているものだ。

なのに、ジョンの魔法は……

「いや、今はそんなことを考えている場合じゃない……足跡を追うんだ……」

そう呟いて、ケルケイロは森を進む。

幸いにも二人分の足跡はしっかり残っており、森の奥まで続いていた。

「これなら間に合うかもしれない……」

希望が見えてきたことに、ケルケイロは喜んだ。

◆◇◆◇◆

『――その友人の気配は見つかったか？』

「……いいや、まだだ」

ユスタの問いに、俺は答えた。

今、俺はユスタの背中に乗せてもらいながら、魔の森の中を探し回っているところだ。

その速度はかなりのもので、油断すると振り落とされそうなくらいである。

ケルケイロの居場所は未だつかめていない。

隠匿《いんとく》の魔法が思いのほか効いているらしい。

場所が悪かったのかもしれない。

普通なら十分もすれば魔法の効果は弱まり、一時間もすれば遠くからでも気配を感知できる程度には弱まるはずだ。しかし、今でもケルケイロの気配は感じられない。

講義中のエリスの言葉を思い出す。

『魔の森は、魔力の分布が異常だから、人の気配は希薄になる』

確かに、魔の森の中で人の魔力を感知するのは極めて困難だった。自分の隣にも、後ろにも、前にも、どこにも人の気配があるような気がするし、またないような気もする。そんな感覚なのだ。

もちろん、集中すれば近くの人の魔力は把握できるのだが、遠くになればなるほど、人の魔力と森に漂う自然の魔力との違いがあいまいになって分からなくなっていく。

「ユスタ、匂いで分からないか？」

クリスタルウルフは、戦闘能力が高いことで有名な魔物であるが、嗅覚もまた優れている。俺は、そのことをユスタとの付き合いで知っていた。森の中に物を隠してもすぐに見つけて来られるほどで、タロス村にいた頃はそれでずいぶん遊んだのだ。

しかし、ユスタは言う。

『……いや、分からぬ。大まかな方角くらいは把握できるのだが……この森は、何かがおかしい』

俺が魔力を上手く感知できないように、ユスタもまた匂いが分からない、ということらしい。

しかし、それでも大体の方角が分かれば徐々に距離を縮めていくことは出来るだろう。

「それが出来るだけでも上等だ。頼む、ユスタ。あいつは……ケルケイロは、俺の友達なんだ。ユスタとしたみたいに、誓約を交わしたりはしていないけど、それでも、俺はあいつのためになら命だってかけられる……そんな存在なんだよ……」

冷静にしゃべろうと思っていたにもかかわらず、途中からは声がかすれて、涙交じりになってしまっていた。

『――誓約よりも、その心こそが大事なのだ。ジョンよ。しっかり掴《つか》まっておけ』

そう言って、ユスタはさらに速度を上げた。

◆◇◆◇◆

「……！　見つけた！」

ケルケイロは駆け寄ってくる二人の人影を発見し、小さく喜びの声を上げた。

二人はケルケイロ目掛けて一直線に、泣きそうな顔をして走ってくる。

「おにいさま！」

「ケルケイロ様！」

それは、行方不明だった二人。

ケルケイロの妹のティアナと、その侍女リゼットである。

ティアナはケルケイロに抱きつき、リゼットは二人の足元に跪《ひざまず》きながら、ひたすらに謝った。

「申し訳ございません！　申し訳ございません！　私のせいで、お二人をこんな危険な目に遭わせてしまいましたぁ！　どうやってもこの罪、償うことは出来ません。かくなる上は、この命で……」

しかし、ケルケイロもティアナも、リゼットにそんなことをさせるつもりなどない。

「分かってる、リゼット。悪いのは俺と……それにティアナだ。お前は俺たちに仕えているのだから、俺たちが我儘《わがまま》を言ったら拒否などできないだろう。お前が悪いわけじゃないのは、俺たちが一番よく分かってる……」

「しかし、ケルケイロ様！」

「いいんだよ……な、ティアナ？」

ケルケイロが胸の中の妹に尋ねると、彼女も涙を流しながら頷いた。

「そのとおりです……私が、こんなところにきたいなんて、いったから……もうしわけありませんでした。リゼット……」

「いいえ！　いいえそんな、勿体《もったい》ないことですぅ！」

リゼットは二人の謝罪に恐縮して、足元に這《は》いつくばって謝り通しである。

三人は、ふっとお互いを見ると、何だかおかしくなって笑みがこぼれた。今まで張りつめていた糸が切れたような感じだ。

ケルケイロもここに来るまで緊張し通しだったが、ティアナとリゼットもそれは同じだっただろう。互いの顔を見て、安心したのだ。

しかし、冷静になって考えてみれば、ここは魔の森。危険地帯の、ど真ん中だ。のんびり再会を喜び合っている余裕など、あるはずがない。

最初にそれに気付いたケルケイロは、周囲を見回した。

森をそこだけくり抜いたかのように開けていて、魔の森の中にしては不自然な空間だった。生い茂る草は月に照らされて輝いており、神秘的な雰囲気を感じさせる。

だが、それはどうでもいい。

今大事なのは、砦にさっさと戻ることだ。

「二人とも、歩けるか？　ここから俺たちは砦まで戻らないとならないからな。きついだろうが……まっすぐに歩けば一時間と少しもあれば着くはずだ」

「だいじょうぶです。ここでやすんだので……たいりょくはかいふくしました」

「メイドの体力はこれくらいでは尽きません。今から王都まで走って行けと言われても大丈夫ですっ！」

二人とも、頼もしく返事をした。

それに頷いたケルケイロは、砦を目指して一歩足を踏み出そうとした。

しかし——

輝く草原の上に、今、大きな影が一つ、浮かび上がった。

「……なんだ？」

その影に気づいて、ケルケイロが首を傾げる。

ティアナもリゼットも、それに気づいた。

真っ黒い大きな影が、月明かりを遮ったのだ。

今、自分たちの上に、その大きな物体が存在している——それに気づいたとき、ケルケイロたちがとれる選択肢は多くなかった。

自分たちは、その開けた場所のほぼ中心におり、走ってもすぐに森の中に身を隠すことはできない。

しかし、それでも逃げなければ。

そのためには相手を確かめる必要があると思い、ケルケイロは空を見上げた。

目に入ったものの姿に、ケルケイロは息を呑む。

巨大な翼と刀剣のように鋭く長い爪、大きな角。鱗は鉄のように固そうで、縦長の瞳からは知性が感じられる——ありとあらゆる存在を超越する、紛うことなき生物としての頂点。

うめくように、ケルケイロは呟く。

「……竜……！」

第21話　笑う

空から絶望が舞い降りてくるのが見える。

ケルケイロたちの存在に、あの竜は果たして気づいているのだろうか。

分からない。

ただ、目の前にいるということだけははっきりとしている。

逃げなければ。

今すぐ、急いで、どんな手を使っても！

「……ティアナ！　リゼット！　森に走れ！」

ケルケイロはそう言いながら二人の手を掴《つか》み、森への最短距離を選んで走り出す。

二人も空を見上げ、一瞬にしてケルケイロがなぜこれほどまでに焦っているか理解したようだ。

竜、などという存在を目の当たりにしたことがある者は、ほとんどいない。

話にしか聞いたことのない竜が実際に現れて、それをすぐに事実として受け入れるのは困難である。

けれど、ケルケイロの焦りようが二人に現実を突きつけ、危機感を抱かせた。

ケルケイロは、普段から飄々《ひょうひょう》としていて、つかみどころのない少年である。追いつめられた状況になってもどこか余裕が感じられ、どう対応すべきかを冷静に考えて行動に移すような、そんな少年なのだ。

にもかかわらず、今の彼はどうだ。

顔には冷や汗が、瞳には怯《おび》えと焦りが宿っており、頭の中に様々な考えが目まぐるしく去来しているだろうことがありありと分かる。

彼がこれほどまでに焦っているということは、相当に危険なのだろう。

今すぐに、今すぐに逃げなければ。

ケルケイロの顔を見て、二人は即座にそう思えた。

自分たちの悲惨な末路を想像して怯《おび》えたりはしなかった。それは彼女たちの心が強かったからではなく、考える余裕すらもなかったからだ。ケルケイロの言葉に従い、ただひたすらに逃げることしか頭に浮かばなかった。

それが良かったのか悪かったのか、ケルケイロに引かれて二人は森まであと少しのところまで辿《たど》り着いた。

しかし、そこで竜が三人の存在に気づいたのか、逃げる三人をぎらりと睨《にら》んで翼をはためかせた。

角がパチパチとした雷光を帯びて光り輝き、三人が森に逃げ込む直前、行く手を阻むかのように雷撃がピシャン！　と音を立てて落ちる。

「きゃあっ！」

「ティアナ様！」

驚いて転んだティアナに、リゼットがしゃがみ込んで手を差し伸べる。

それを見たケルケイロは、覚悟を決めるしかない、と悟った。

もはや、逃げることは叶わないだろう。

かくなる上は、戦うしかない。

竜相手に？

それは笑えてくる話であった。

いや、笑うしかない話だ。

あれは、たとえエリスであっても一人では勝つことが出来ない、強大な生命体なのだ。

訓練の中で、エリスは、実際に竜と相対するときには彼女と並ぶほどの強者を助っ人として数人呼ぶと言っていた。それだけの戦力があって初めて、勝利が現実味を帯びてくるということだろう。

いくら修行して魔力があるといっても、所詮は少々腕の立つ程度の子供に過ぎないケルケイロが勝つことなど、不可能としか言いようがない。

それなのに、腰の剣を抜いて真っ向から竜に相対しようとしているなど、笑う以外にどうしろというのか。

しかし、竜はケルケイロたちに即座に襲いかかってはこなかった。

一体どういうつもりなのか、ケルケイロには分からない。

余裕を見せているのか、それとも出来るだけ恐怖を与えてから楽しもうというのか。

こうして何もしてこないほうが、かえって不気味である。

ケルケイロの構える剣が月の光を反射して輝く。

神秘的な光だった。

ケルケイロは、そこでふと、空を見上げた。

自分がなぜそんな行動に出たのかは分からない。

あまりの異常事態に、少しでも心を落ちかせようとしたのかもしれなかった。

空に浮かぶ丸い月は黄金を纏《まと》っているかのように輝いていて、最期にこんな月を見られたなら十分かもしれない、とそんな気持ちになった。

月を眺めて、ケルケイロはふと思い出す。

それは、どうにか家族だけでも助けたい、という彼の思いが引き寄せた奇跡の類《たぐい》だったのかもしれない。

ケルケイロはティアナとリゼットに叫ぶ。

「お前ら！　『不可視のオーブ』を持っているだろう⁉　それを使え！」

そうだ。

彼女たちが砦を抜け出し、さらには森の中で魔物に見つからずに長時間やり過ごす方法など、それ以外ないのだ。

フィニクス家の家宝の一つ、「不可視のオーブ」。

高位の魔術師の隠匿《いんとく》魔術に匹敵する効果を持つ、恐るべき魔導具である。

それを使えば、竜からも身を隠せるはず。

ケルケイロを見つけた瞬間にオーブの効力を解いてしまったのだろうが、今再び発動させれば、竜から逃げられるだろう。

そう考えての言葉だった。

ティアナとリゼットは慌てて頷き、魔導具に魔力を注ぎ始める。

二人の気配が希薄になり、また姿も見えなくなっていく。

ティアナがケルケイロを隠匿《いんとく》のカーテンの中に引きこもうとしたが、ケルケイロはその手を振り払った。

「おにいさま！　どうして！」

ケルケイロは剣を竜に向けたまま、首を振って答える。

「その魔導具は、二人隠すのが限界なんだよ……俺までその魔導具で隠そうとしたら、お前たちは見つかっちまう……」

「そんなおはなし、きいたことありません！」

「俺は実際に何度か試してる。親父の書斎に入り込もうとしたときに、よく使ったからな。何人隠せるかも試した。その結果が、二人だったんだ。何度も確認したから、間違いない……」

「そんな……おにいさま……でしたら、わたしがでます！　おにいさまは、なかに！」

「そんなこと出来るわけないだろう？」

ケルケイロは、当然だと言わんばかりにそう告げた。

「いえ！　お二人がそのようなことをされる必要はございません！　私が出ます！　お二人に仕える者として！」

しかし、リゼットの言葉にもケルケイロは首を振る。

「リゼット。お前にはこれからティアナのことを見てもらわないとならないんだ。だから死なれたら困るぜ。俺は……まぁ、いいだろ。放蕩《ほうとう》息子が一人、死んだところで何の問題もねぇ……」

さらに何か言い募ろうとするティアナとリゼットに、ケルケイロは叫ぶ。

「さぁ！　行け！　俺の命を無駄にするんじゃねぇ！　……リゼット、頼む」

最後に付け加えられた言葉で、リゼットは彼の覚悟を理解したらしい。

「……申し訳……ありません……ケルケイロ様……」

涙混じりの謝罪の声が聞こえた。

「おにいさま！　おにいさまぁぁぁぁ！！」

そして、泣き叫ぶティアナの声が徐々に遠ざかっていく。

リゼットが、抵抗するティアナを無理矢理抱えて立ち去っていったのだろう。

がさがさと草が擦れる音も、森の中に消えてゆく。

竜はやはり、魔導具に隠された二人の気配を感知できないようだ。

辺りを見回すも、標的を見失って何もできずにいた。

ケルケイロを睨《にら》みつける竜の視線は、絶対にこの一人は逃がすまいとでもいうかのように、強くなった様な気がする。

ケルケイロは竜を見つめながら笑った。

「……全く。倒したい倒したいって言ってはいたが、本当に目の前にすると恐ろしいな。なぁ……竜よ、頼みがあるんだが……」

竜は、ケルケイロの言葉を理解したのかどうか。

喉をぐる、ぐる、と鳴らして、ケルケイロを見た。

「いっちょ俺に、その命をくれねぇか……って、そんな話聞けるわけねぇよな。でも、俺だって諦めるわけにはいかねぇんだ。行くぜ！！」

そうして、ケルケイロは剣を振りかぶる。

結果の明らかな戦いが、始まろうとしていた。

◆◇◆◇◆

『……む』

ユスタが走っていた足を止めて、くんくんと鼻を鳴らした。

「どうしたんだ？」

俺がそう尋ねると、ユスタは言った。

『匂いがする……近いぞ。人の匂い……こっちだ』

そう言って再び走り出したユスタは、先ほどよりもスピードを上げた。

さっきまでは、匂いを嗅いで周囲の様子に気を遣っていたから、あまり速度を上げられなかったのだろう。

しかし、全力で走る今のユスタの足に追いつけるものは、この世界にそうはいない。

数分ののち、前方の森の木々の間に、二人の女性が座り込んでいるのが見えた。

どういうわけか、うっすらとした姿で気配もかなり希薄になっているが、完全に分からない、というほどではない。

近づいてきたユスタを見てパニックに陥った彼女たちだったが、俺がユスタの背中から顔を見せて声をかけると、途端に叫びだした。

「ジョン！　おにいさまが……おにいさまが！」

その場にいた二人は、ティアナとリゼットだった。

ティアナは泣き腫《は》らしつつも、なお涙を流している。

隣にいるリゼットもほろほろと涙を零し、疲労困憊《こんぱい》の様子だった。どうやら魔力を使い果たしかけているらしい。

何に使ったのかは分からないが、その魔力で何とか生き延びていられたのだろう。

しかし、今はそんなことを考えている場合ではない。

ティアナが、お兄様、お兄様、と繰り返している。

ケルケイロが、どうしたというのか。

ティアナをなだめて事情を聞いてみると、彼女は声を絞り出すように答えた。

「おにいさまは、わたくしたちをにがすために、おのこりになって……」

彼女たちは竜に遭遇したらしい。

森の中でケルケイロと合流したはいいが、突然竜が現れ、自分たちは特殊な魔道具を使って身を隠した。しかし、魔道具には人数制限があるため、ケルケイロがその場に残り、二人は命からがら逃げてきたという。

ケルケイロの行動には、少しでも二人が遠くに逃げられるよう、時間を稼ごうという意図があったのだろう。

あいつはそういう奴なのだと、俺は知っている。

二人がケルケイロと別れたのは、もう何分も前らしい。

そうなると――今ケルケイロがどうなっているのかは想像したくはないが、分かってしまいそうな気がした。

けれど、仮にそうだとしても、行かなければならない。

運よく逃げられ、生き延びているかもしれない。

可能性はゼロではないのだ。

だから俺は二人に言った。

「二人は、砦に帰るんだ。俺は……ケルケイロを助けに行く。それと、砦についたら、エリスとロレンツォ准将《じゅんしょう》に全てを話してくれ」

「い、いけません！　ジョン！　竜なのですよ！　ひとりでむかったら……」

ティアナがそう言って止めようとしたが、俺は彼女の意見を聞くつもりはなく、ケルケイロのもとに行くことをすでに決めていた。

「……ユスタ、二人を頼む」

『……大丈夫なのだろうな？』

ユスタは俺の顔を覗《のぞ》き込むように尋ねた。

「大丈夫じゃないと思うなら、二人を砦に送って、出来るだけ早く戻ってきてくれ」

それだけ言って、俺は走り出す。ケルケイロの居場所はリゼットから聞いた。

今は実力を隠す必要などない。

ナコルル式魔法を存分に使い、加速する。

間に合うことを願って止まなかった。

◆◇◆◇◆

「……はぁ……げ、げはっ……ふぅ、ふぅ……」

息が上がる。

口からは血が垂れていた。

腕はもう上がらない。

目の前がくらくらとして見えない。

しかし、まだ生きている。

ケルケイロは竜を前にしながら、未だに命を繋いでいるらしい自分に驚きを感じていた。

もちろん、それはケルケイロに耐えられるだけの実力があるからではなく、単に竜が遊んで本気を出していないからであった。

この竜は性格が悪いのか、それとも竜というのはこういう性質の生き物なのか。

即座にケルケイロの命を奪うのではなく、猫がネズミを転がすかのように優しくひっかき、また軽く尻尾で払うなどして、じわじわと痛めつけて遊んでいるのだ。

ただ、竜にとってはそうっとしていることではあっても、竜より遥かに小さく弱い存在である人間には、強力な攻撃であることは間違いない。

一撃一撃はハンマーで叩かれているかのように重く、切り裂く爪はよく切れる刀剣のようだった。

朦朧《もうろう》とする意識。おそらく、そろそろ自分は死ぬだろう……

そんなケルケイロの思いを悟ったのか、竜はケルケイロを見つめ、巨大な腕を振りかぶった。

ケルケイロはそれを見ながら、言う。

「……なんだよ。これで終わりかよ……」

最期の言葉くらい、もっと気の利いた台詞が出てくるかと思ったが、こんなものらしい。

ふと口から笑いが漏れ出て……そこで、ケルケイロの人生は終わる。


はずだった。

なぜか、目を瞑《つぶ》っていくら待っていても、何も衝撃はやってこなかった。

いや、厳密に言うなら、何かに強く抱きしめられているような感触はある。

ぼんやりとした意識ではそれが何なのか分からなかったが、自分のものだけではない、心臓の鼓動を感じるような気がする。

奇妙に思ったケルケイロは、ゆっくりと目を開いた。

そこには、見覚えのある顔があった。

「……諦めるんじゃない。ケルケイロ」

それは、不敵に笑う平民の友人。

ケルケイロに対等の口を聞く、おかしな奴の顔だった。

第22話　戦うということ

――間に合った。

巨大な体躯《たいく》、それを支える太い両足、そして空を舞うための巨大な翼をもった生命体。

それを前にして全てを諦めたような顔をしている貴族の少年を見て、俺はそう思った。

振りかぶられた竜の腕がゆっくりと振り下ろされていくのが見えるが、俺は足を止めたりはしない。

あそこに飛び込んでいくのは自殺行為だと誰もが言うだろうが、そんなことはどうでもよかった。

俺はとにかく全身にできる限りの強化をかけて、急ぐ。

極度に強化された身体は、周囲の時間の進行を緩やかに感じさせた。

一歩進むごとに、竜の腕はケルケイロに迫っていくが、その動きは鈍い。

俺の足なら、まず間違いなく間に合う。

そう確信していた。

そして、竜の腕がケルケイロの頭に当たる直前、俺の手はケルケイロの体を引っ掴《つか》み、その場から攫《さら》って行った。ケルケイロの体が俺に引っ張られて宙に浮かび、俺は彼を胸に抱き寄せる。

その瞬間、強化した身体が通常のものへと戻り、轟音《ごうおん》と共に発生した爆風が思い切り全身を襲った。

俺はケルケイロを抱いたまま、竜の空振りで起こった爆風に吹き飛ばされたが、竜の腕が命中するのと比べたらどうってことはない。

そのまま数メルテ飛ばされて地面に落ち、ごろごろと転がって、しばらくした後に停止した。

受け身は完璧で、体にはかすり傷すらない。

ケルケイロの体には、今まで竜に嬲《なぶ》られていたせいで負ったであろう切り傷や擦り傷が多数見られるが、致命的なものはないように思えた。

これなら、治癒魔法をかければある程度動けるようになるだろう。

そんなことを考えているうちにケルケイロが目を開き、ぼんやりと俺を見つめた。

──なぜお前がここに？

そう言いたげな表情をしたので、俺は治癒魔法をかけつつ、笑いかけながら言ってやる。

「……諦めるんじゃない。ケルケイロ」

その言葉に、驚いたような顔をしたケルケイロ。

そして、ふっと笑った。

「竜相手に一人で挑んで、諦めない奴なんて普通いねぇよ」

治癒魔法により、大分回復したようである。

並行して隠匿《いんとく》魔法も発動していたため、竜は俺たちをなかなか発見できないでいた。

しかし、不意に後ろから気配を感じた俺は、ケルケイロを再度抱えてその場から跳んだ。

どがぁん！

轟音《ごうおん》とともに衝撃が地を揺らしたので、竜が俺たちに攻撃を加えてきたのだと分かった。

「お、おい、ジョン！」

腰に抱えられながら、ケルケイロが声をあげた。

「ケルケイロ。体はどうだ！」

「あぁ!?　そんなのもうどうしようもないほど傷ついているに決まって……あれ？」

そこまで言って、ケルケイロは自分の体の状態にやっと気づいたらしい。

「おい！　治ってるぞ！　痛みもないぜ！」

「俺が治してやった。その身体なら動けるだろう？　そこにいるのは竜なんだ。お前を抱えながら戦えるような相手じゃないんでな！」

俺がそう言うと、ケルケイロは驚きの声を出す。

「なっ……お前、あれと戦うつもりか!?」

「おいおい、お前だって戦ってただろうが。お前には出来るが俺には出来ないって言うのか？」

俺はにやりと笑って言ってやった。

すると、ケルケイロは何とも言えない表情になる。一瞬言葉に詰まった後、苦々しく口を開く。

「馬鹿言うんじゃねぇよ！　俺は戦ってたんじゃねぇ！　……その……ただ囮《おとり》として突っ立ってただけだ！　あいつから……ティアナとリゼットを逃がすためにな！」

それを聞いて、そういえば二人の無事を伝えていなかったことに思い至る。

「知ってるよ。さっき、二人に会った」

「あぁ!?　ど、どうしたんだ！　生きてるのか!?」

「あぁ。腕の立つ友人に砦まで連れてってもらうように頼んだよ。今頃、砦についてるはずだ」

これを聞けば、きっと安心するだろう。

そう思っていたのだが、意外にもケルケイロは顔を赤くして叫んだ。

「なんでお前も一緒に砦に帰らなかったんだ！」

「なんでって……二人に聞いたからな。お前が一人で竜に立ち向かってるってさ」

「そんなこと聞いたら……普通逃げるだろ？　なんで来たんだ……相手は、竜なんだぞ。本当に分かってるのか……」

「分かってるさ。だけどお前一人を放ってなんかおけないさ。そうだ……俺は二度とお前を見殺しにしたりなんかしないって決めてるんだ」

その台詞は、俺の心からの想いだった。

今まで何のために頑張ってきたのか。
それは、未来を変えるためだ。
その未来の中に、ケルケイロの死がある。
目の前で失われることになる彼の命。
その運命を変えたいがために、俺はここまで頑張ってきたのだ。
彼を見捨てたら、やり直した意味が全くなくなってしまう。
どうせ、俺は一度死んだ身だ。
あの日、あのとき、あの城で、無様に刺されて殺されたのだ。
その命をケルケイロのために賭けることに、躊躇《ちゅうちょ》などない。
しかし、そんな俺の気持ちなどケルケイロには分からない。
当然だ。
俺がもう一度人生を繰り返しているなんて、どうして分かるだろうか。
だから、ケルケイロは俺の言葉の意味がつかめないようで、困惑していた。
「それはどういう……」
しかし、その質問に簡単に答えられるはずがない。
竜がこちらを見つめているのが見えた。
もたもたしていられないと理解した俺は、一言だけケルケイロに答えた。

「お前は俺より先には絶対死なないってことだよ！」

そして、竜が向かってきた。

◆◇◆◇◆

隠匿《いんとく》魔法の効果は早くも弱まっているらしい。

竜は先ほどよりもずっと短い時間で俺とケルケイロを見つけたようである。

その巨体を生かして突進してくる竜に、ケルケイロは慌てた。

「お、おい！　あんなものにどうやって勝つんだよ！」

叫び声をあげたケルケイロに、俺は言う。

「……勝つ？　俺がいつ竜に勝つって言ったんだ？」

「は？」

「こういうときにおあつらえ向きな言葉を一つ教えといてやる。三十六計逃げるにしかず！」

その瞬間、ぽかん、としたケルケイロの服を引っぱり、竜の突進を避けるべく思い切り地を蹴って森の中へと向かって走った。

魔力で身体能力を強化していたからできた業《わざ》だが、かなりの量の魔力を使ったので、同じことはそう何度も出来ない。

出来る限り早く竜から遠ざかり、決して見つからない場所まで逃げなければならない。砦に向かうのはナシだろう。そちらに向かえば、おそらく竜はあの砦に甚大な被害を及ぼすことが目に見えている。

エリスが倒してくれる、という期待も出来ないではないが、流石《さすが》に砦を守りつつ戦うのは厳しいものがあるはずだ。砦を崩壊させては、王国を魔の森の魔物の危険にさらすことになってしまう。

どうにかして、竜の興味を俺たちから逸らし、その上で、砦まで何とか帰り着く必要がある。

考えれば考えるほどに難しい任務だが、やりきらなければ何もかもが終わってしまう。

俺の命も、ケルケイロの命も、王国の命運も、そして人類の未来も。

そんなこと、あってはならない。

だから、何がなんでも、俺たちはあの竜から逃げ切らねばならないのだ。

出来ることなら倒したいが、いくらなんでも俺一人では無理だ。ユスタ、それにエリスと一緒に、ナコルル式魔法を隠すことなく使用すれば、難なくとは言わないまでも倒すことは出来るような気がする。

しかし、ここにエリスはいない。ユスタがエリスを連れて来てくれるという可能性もなくはないが、難しいだろう。

そもそもユスタは魔物であるため、砦に近づけば兵士たちに攻撃されてしまう。だから、ユスタはティアナとリゼットを砦の近くに、もしくは人がいないときを狙って降ろすはずだ。

ティアナたちに頼んでエリスを呼んできてもらう、ということも出来るだろうが、まずユスタ自身について説明してエリスに納得してもらわねばならず、時間がかかってしまう。

したがって、ユスタがエリスを連れてくる、というのはあまり期待しないほうがいい。

ユスタ自身が戻ってくる、ということはあり得るだろうが、それでも砦まで往復二十分程度はかかる。

少なくとも、それだけの時間は逃げ延びる必要があるというのは間違いない。

ケルケイロは俺に引っ張られた直後は呆《ほう》けた顔をしていたが、走り出して状況を理解し始めたようだ。

「怪我が治ったのもそうだが……体が死ぬほど軽いぞ！　ジョン、なんだよ、これは！」

俺がかけた身体強化に気づき、走りながら叫んだ。

俺は彼と並走しながら言い返す。

「怪我は俺の治癒魔法、体が軽いのは俺がかけてやった身体強化だ！　分かったら死ぬ気で走れ！」

「はぁ!?　説明が短すぎだろうが！　もっとしっかり説明しやがれ！」

今にも俺の襟首《えりくび》を掴《つか》んでがくがくと揺らしたそうな顔で怒鳴るケルケイロ。

しかし、そんなことをしている暇などあるはずがない。

目の前に迫る木々という障害物、それに俺たちの気配に気づいたらしい魔物たちを避けながら、物凄い速度で走り続ける。

竜はどこにいるのかといえば、上空でぴったりと俺たちについてきているようだ。

風が吹いているし、背後の木々が次々と倒されている。

たまに後ろを振り返りながら、ケルケイロは言う。

「……とんでもねぇ！　竜って奴はここまでとんでもない奴だったのかよ！」

ケルケイロの感想に俺は呆れて返す。

「お前、今さらだろ⁉　そもそもあれを倒す予定なんだろう⁉　今からでも向かってみたらどうだ！」

もちろん、ただの軽口であって、本気でそうしろと言っているわけではない。

「……倒すのは、エリスと一緒にだ！　俺一人じゃ無理なのはもう痛いほど分かったっての！　くそ……おい、ジョン、振り切れるのか、あれは……！」

いつまでもついてくる竜に、流石《さすが》に不安になってきたのだろう。

軽口を言い合える程度には気力が戻ってきているが、結局のところ、こいつもまだまだ子供である。こんな状況で平然としていろというのは無理な話だった。

俺は彼を落ち着かせるべく、計画を説明する。

「無理かもしれないが、エリスが気づいてくれることを祈ってるんだよ。あんだけバカスカ森の木々を破壊し続けてるんだ。砦からも何か起こってることくらい分かるだろ。エリスのことだ、俺とお前が砦にいないことは既に気付いているだろうし、森に来てることも察するだろ。後は……分かるだろ？」

究極的に他力本願だが、今の俺たちの選択肢はそれくらいしかない。

これだけ竜が暴れまわっているのだ。エリスでなくても、砦の兵士の誰かが気づくだろう。そうなれば、最終的にはエリスに伝わってここまで来てくれるはずである。

空を駆ける竜の姿を見れば、何かを追いかけていることは分かるし、それが俺たちかもしれないと推測するのはそんなに難しい話ではない。

「……つまり、あれか！　逃げ切るのは無理ってことか！」

要点を掻《か》い摘んで、ケルケイロは叫んだ。

これに返せる答えを、俺は一つしか持っていない。

「まぁ、そういうことだ！　問題は俺の魔力とお前の気力がどこまで持つかだな！　どっちかが切れたとき、それが俺たちがあの竜の餌になるときだぞ！」

いくら身体強化をしているとはいえ、精神的な疲労は溜まるし、いつまでも走り続けるのは苦痛だ。

俺は前世で、これ以上一歩たりとも動けないという状態でさらに走り続ける訓練をしたことも、また実戦でそのような状態に陥ったことも山ほどあるから、気力という意味では問題ない。

けれどケルケイロは、まだ十一歳の子供に過ぎない。

そんな彼に、一般兵とはいえ、戦争をくぐり抜けた兵士と同じレベルの精神力を期待できるはずもない。

昔であれば俺よりもケルケイロの方がずっと根性があったが、今は俺の方があるだろう……

「よし……根性だけは、自信があるんだ！　魔力、切らさないように頑張ってくれ！」

俺の心配をよそに、ケルケイロは頼もしく叫んだのだった。

第23話　そのころ砦では

「魔の森」とはなんなのだろう。

なぜ、この土地はこれほどまでに巨大な魔物を育て、人の侵入を拒み、恐るべき場所として存在し続けてきたのだろう。

改めて考えてみれば、不可解極まりない場所である。

単純な疑問だが、それに答えを出すことの出来た者は、俺の知っている未来にだっていない。

しかし、一つの有力な学説がある。

それは、魔力の異常な働きによってこのような土地が生み出された、という説だ。すなわち、「魔の森」は、魔力災害という奴が常時起こっている場所であり、だからこそ、他の地域では決して見られないような現象がいくつも起こっているのだ、というのである。

俺は、今までそれで納得していた。

前世において、そんなことを考える暇はなかったし、考えても何か意味があるとは思えなかったからだ。

そういうのは平和な時代の時間を持て余した学者が研究することであって、戦時中の生きるか死ぬかの状況下で考えることではない。そんな研究よりも、効率よく敵を倒す戦法や強力な破壊兵器を開発する方が余程重要であり、また実際に予算がつけられるのも、そうした分野に対してのみだった。

もしかしたら、学術都市ソステヌーの者たちなら、魔の森について何かをつかんでいた可能性はあるが、そんなことを聞こうと思ったこともないし、今回の生においても、知りたいと思うことはなさそうだった。

けれど、運命というのは意外な方向に動くものだ。

俺は、ケルケイロと一緒に竜から逃げ回ったその先で、魔の森がなぜ存在しているのか、その理由の一端に触れることになる。

◆◇◆◇◆

「はぁ……はぁ……」

ケルケイロの息が切れている。

体力的にはまだ余裕があるだろう。

しかし、あれだけの啖呵《たんか》を切った彼でも、当然ながら限界というものがあるのだ。

魔の森の中を魔物や木々に注意しながら走り続けるのは、それだけでも疲労がたまっていくものだ。ましてや、今は竜から逃げながら走っているのだから、限界を迎えるのが早くても仕方ないだろう。

しかし、俺たちは足を止めるわけにはいかない。

「ケルケイロ、諦めるなよ！」

当たり前の陳腐な励ましだが、こういう言葉をかけ続けることが重要なのだ。

一人では諦めているかもしれない。

けれど、仲間がいて、その仲間と一緒に頑張っていると確認し続けることで、普段よりもう一歩先まで限界が伸びることがある。

ケルケイロは、典型的な、自分よりも他人を優先するタイプの人間だ。大貴族の息子なのだから、他人を踏みつぶしてでも自分を優先すべきなのに、むしろ正反対の性格をしているのがケルケイロである。

だからこそ、その言葉はよく効く。

先ほどから何度も速度が落ちるが、声をかける度にケルケイロは元の速度まで戻すのだから。

「……おう、もちろんだ……！　まだ……ついてきてるか……!?」

何が、と言わなくても、何のことを言っているのかは明らかだ。

俺は後ろを向き、空を見上げてそれを確認する。

ばさり、と巨大な翼をはためかせる巨大な爬虫《はちゅう》類が、地上を睥睨《へいげい》しているのが見えた。

「まだついてきているな……全く、しつこい奴だ……」

「竜ってのは、みんなああいう性格なのか？　性格悪すぎないか……」

ケルケイロが冗談めかしてそう言う。

「あぁ……聞いた話によると、竜は総じて執念深いらしいぞ。特に人に対してはその傾向が強い。一度見つけたら地の底まで追いかけるとは、奴らのためにある言葉だと言うからな」

厳密に言うと、もともと人は種族問わず追い立てられやすいのに加え、竜は魔力を持つ生き物に対して執念深いのである。

聞いた話とは言ったが、実は前世で俺自身が追いかけられたり、軍の知り合いが似たような目に遭ったりしていた。

なぜなのかはあの頃も分かっていなかったが、魔力を持つ生き物を最もしつこく追いかけるのだから、魔力の摂取の為に奴らも必死なのだろう、というのが大勢を占める考え方だった。

それを確認する術はないが、おそらく正解なのだろう。

しかし、人から見れば迷惑な話である。

ケルケイロは俺の話を聞いて眉を顰《ひそ》める。

「……生まれつきあんな性格なのかよ……竜に生まれ変わっても嫁はもらいたくないな」

そう笑ったので、俺は彼に言った。

「冗談言う余裕があるならまだ走れそうだな？　頑張れよ！」

「そういうお前もな……しかしお前はまだまだ余裕がありそうだな？　魔法学院生ってのはみんな体力有り余ってるのか？」

「俺だけだよ。というか、余裕があるわけじゃなくて、ただのやせ我慢だ。顔に出さないように気を付けてるんだよ。内実はお前と似たようなもんだ」

疲労の程度では俺とケルケイロはあまり変わらなかった。

確かに俺の方が体力があるのは間違いないが、所詮は俺もケルケイロも身体は十歳、十一歳の子供である。基礎体力に大きな開きはない。

ただ、俺は戦争の中で生き残ってきた。

前世で身に着けた技術の中に、疲労を溜めにくい動き方のコツのようなものがたくさんあり、それを活かしているというのはある。

根性、というのもある意味そんなコツの一つで、だからこそ、ケルケイロから見て余裕そうだと思えるくらいには涼しい顔をしていられるのだ。

俺の言い分を聞いたケルケイロが腑に落ちないような顔をしたので、付け加える。

「走るだけでも色々コツがあるんだ……そういうのを使って、疲れにくいように頑張ってるってのもある。竜から逃げ切ったら、お前にも教えてやるよ」

そう言ったら納得したように頷いた。

「絶対だぞ？　もう一度こんな状況になるなんて考えたくないが、逃げ足が速いってのが重要だってことは今回痛いほど分かったからな……」

まぁ、逃げ回るようなことがいずれたくさん起こるのは間違いがないのだ。

身につけておいて損になる技術ではない。

「じゃ、もうひとっ走りだ。もう少ししたらエリスが来てくれるだろうよ……もう少し、があとどのくらいなのかは分かったもんじゃないがな」

俺の言葉にケルケイロは笑う。

「終わりが見えないってきついぜ！」

怒鳴りながらも、気合を入れて走り続けたのだった。

◆◇◆◇◆

「……で、どうだった？」

砦の中では、タロス村出身のテッドたちと、パーティメンバーのノールたち、それにフランダが

手分けして情報を集めていた。

兵士に聞き込みをしたり、盗み聞きしたり、雑談をしたりしながら、どうにか情報を引き出すというのが、その主な手法だった。

その程度では大して情報が集まるはずがないとは分かっていたが、ここは軍事施設である。

まさか勝手に偉い人の部屋に押し入り、重要書類を盗み見たりするわけにもいかず、ぎりぎり許されるであろうところを突いての中途半端な諜報活動になるのは、仕方のないことだった。

しかし、それでも意外に必要な情報は集まったようだ。

集めているのが彼らの友達の話であって、敵国やら軍の情報などの機密情報ではなかったからかもしれない。

兵士たちはどこでジョンを見たとかケルケイロを見たとか、そういう話を教えてくれた。

口の重い者も多かったが、反対に軽い者もそこそこいたので、情報を集めるのはそれほど難しくなかった。

そして、個々が聞いた話を互いに報告し合うと、一つの恐るべき結論が見えてきたのだ。

ケルケイロとフランダに与えられた広い部屋の中、コウがいつもの何かを企んでいるような顔に、焦りと冷や汗を浮かべながら、言った。

「……あの二人、間違いなく森に行ったたな」

そうとしか判断できない話だった。

兵士たちから聞いた話で重要だったものは二つ。二人が一緒に歩いているのを見たという話、そして魔の森に続く通路の出口にあったはずのミスリル銀の剣とチェインメイルが二組、いつの間にかなくなっていたという話。

他にも、誰もいないのに物音が聞こえたという情報もあったが、これはテッドたち、タロス村出身者にとってはすぐにピンと来る話で、おそらくはジョンが隠匿《いんとく》魔法を使ったのだろうと思われた。

つまり、情報をまとめれば、ジョンとケルケイロは隠匿《いんとく》魔法を使って砦の兵士たちの目を誤魔化し、武具を手に取って魔の森に入っていった、ということになる。

何のためにそんなことをしたのかは分からないが、ケルケイロはともかく、ジョンのことだ。何か余程の事情があったのだろうと、容易に想像できた。

ジョンが突拍子のない行動に出たり、他人をやきもきさせたりするのは、よくあることだ。しかし、何の意味もなくそんな行動に出ることは、決してない。それは経験的にも分かっている。

だから、今回も間違いなく何か事情があって行動したのだろう。

しかし、なぜそれが必要な行動だったのかが分からない。

砦の兵士たちにも自分たちにも黙って、彼が魔の森にわざわざ一人で、もしくはケルケイロだけを連れて入っていかなければならない事情。

一体何が起こっているのかと思うと、怖くて仕方がない。

また、魔法学院からの知り合いであるノールたちも、似たような推測を立てていた。

隠匿《いんとく》魔法をジョンが使えることは知らなくても、ジョンなら砦の兵士の目を盗んで砦を抜け出すくらいは可能かもしれない、という得体の知れない信頼があった。

彼は、何かを持っている。

付き合い始めから、何か秘密を抱えていると感じさせる瞬間がいくつもあったジョンだが、それは数年の付き合いを経て、もはや確信に至っている。

「森に、何をしに行ったのかしら……」

コウの言葉に、黒貴種《ダークエルフ》のトリスが不安そうに呟いた。ジョンの身を案じているようである。

ジョンは、確かに弱くはないし、これまでの付き合いで色々なことが出来るのは知っているが、それでも魔の森を一人で歩いて絶対に無事である、と確信できるほどではない。

一歩間違えれば、たとえジョンであっても命を落とす可能性がある。

そんな不安をここにいる全員が持っていて、だからこそ空気は暗い。

「分からないな……だけど、ここで話しててもしょうがないぞ。やっぱり助けに行った方が……」

そのテッドの言葉に、しかし、カレンが首を振った。

「テッド。それは駄目だわ。エリスの剣幕を見たでしょう？　あれはジョンとケルケイロが砦を出たことを知っていたからだと思う。たぶんだけど、もう、探してるはずよ。砦の兵士たちはみんな魔の森の歩き方を知るベテランだし……そこに私たちが加わったところで、何が出来るというの？」

ジョンとケルケイロについて話してくれた兵士たちは、まだ事態を知らなかったのだろう。口の重かった者たちは、反対に知っていた者たちだ。

あれからしばらく時間が経っている。今では兵士全員が知っていると考えて間違いないはずだ。

だとしたら、すでに砦総出で二人の行方を探しているはず。

自分たちに話が来ないのは、余計なことをされては困るということに他ならないだろう。

カレンが言っているのは、つまりそういうことだった。

それは、テッドにも分かっていた。しかし容易に頷くことは出来ない。

友人の危機である。黙って指を咥《くわ》えているだけなんて、我慢できなかった。

「でも！」

カレンの言葉に、テッドはとテーブルを叩いて叫ぶ。

しかしカレンは、そんなテッドにゆっくりと首を振った。

皆、俯《うつむ》いたまま黙っている。

テッドの気持ちは痛いほど分かるが、カレンの言い分が正しい。

自分たちに出来ることは何もない、それがこれほどまでに苦しいとは思ってもみなかった――そんな表情だ。

「テッド……大丈夫だよ。エリスや、砦の人たちが探してくれてるはずなんだ。きっと見つけてくれるよ……」

フィーがいつもと違って元気がない声で、ぽつりと呟いた。

フィーの言葉通り、そう信じるしかないということは、テッドにもよく分かっている。

テーブルに叩きつけられた拳を睨《にら》むように見つめながら、テッドは悔しさを滲《にじ》ませる。

「……そう、だよな……そう思うしか、ないんだよな……」

部屋に、声が響いた。

重苦しい空気は変わることなく、永遠に続きそうな気がした。

ところがその瞬間、部屋の扉が大きく開かれた。

「おい！　お前ら！　エリスさんが呼んでる！　早く来い！」

兵士の一人がそう叫んで、その場にいる全員を連れ出したのだった。

第24話　話す魔物

目の前に立っている白銀の毛並みを持つ巨大な狼らしき魔物を見て、ティアナとリゼットはどうしたらいいのか分からなくなっていた。

何か説明を聞いていれば、これほどまでに困惑することもなかっただろう。

しかし、ジョンはこの狼の魔物については何も言わなかった。ただティアナたちに砦に戻るように言い、すぐにケルケイロを、ティアナの兄を助けに行ってしまったのだ。

なぜこの大きな魔物の前に、ティアナとリゼットを置いていったのか。

そもそもこの魔物は何なのか。

おそらくだが、むやみやたらに恐れる必要はない、ということだけは分かっていた。ジョンはこの魔物と会話していたし、それどころかその背中に乗っていたのだ。きっとジョンと友好関係にある魔物なのだろう。

それでも、全く恐れない、というわけにはいかなかった。

その大きさもさることながら、一般的な魔物とは明らかに一線を画す力を持っていることが、はっきりと感じられる。

流石《さすが》に、竜の絶望的な迫力と比べればまだ柔らかい。

もしかしたら目の前の魔物に敵意を感じられないからかもしれないが、目の当たりにしても何とか頭をはたらかせることはできる。

突然現れたときは敵か味方か分からず身構えたが、今は、この魔物は確かに、自分たちをどうにかする気はないのだと分かった。

目に宿る知性。それが、対話できる相手であることを示していた。

しかし、こちらから話しかけるのはハードルが高く、視線を合わせながらもしばらく沈黙が続いた。

何か言わなければ。

そう考えたティアナが口を開こうとしたそのとき――

『――小さき者よ。我はお前たちを砦に連れて行かなければならない。そのために、我が背に乗ってもらう必要があるのだが……』

柔らかな声が聞こえた。

それは、奇妙な響きだった。女性とも男性とも取れぬ、どちらの性質も混じったような二重の印象を感じさせる声。

ジョンと話していたので言葉を操ることは分かっていたが、改めて自分たちに向けられると、驚く。

魔物が話せるなど、全く聞いたことがなかったからだ。

しかし、こうやって話しかけられた以上、返答しないわけにはいかない。

どうやら、自分たちを砦まで連れて行ってくれるらしい。

「あ、あの……の、のせていただけるのでしょうか……？」

ティアナが震える声でそう話しかけると、その魔物は地面に座り込んだ。

『乗るがいい。ジョンは飛び上がって乗るが……お前たちには難しいだろう。毛を掴《つか》み、上ることを許そう』

その身体には白銀の体毛が生えていて、もふもふしていて触り心地が良さそうである。

触っても構わない、というのであれば、願ってもないことだ。

この切迫した状況で緊張感に欠けるようではあるが、動物の毛の魅力には逆らえないものがある。

言葉を返すより先にティアナの手がすうっと伸びていき、ふらふらと魔物のもとに向かっていった。

それを見たリゼットは慌てて叫ぶ。

「ティ、ティアナさま！　危ないですよ！」

「……あぶないもなにも……この方？　がわたくしたちをおそうつもりなら、なにをしても、すでにわたしたちのめいうんは、つきたもどうぜんでは？」

舌足らずなティアナに反論された。

確かに、いまさら逃げようとしても無駄なのは間違いない。

それをティアナの言葉で改めて認識したリゼットは仕方なく首を振り、ティアナに近づいた。

『……何、我は美食家《グルメ》なのでな。人の子など食えぬよ。安心して近づくといい……』

魔物は二人のやり取りを聞いて、本気とも冗談とも取れぬ台詞を言う。

リゼットはその言葉に表情を引きつらせるが、ティアナは素直に受け取ったようだ。

「まぁ。でしたら、なにがおすきなのですか？」

魔物は少し考えてから答える。

『……ふむ。やはり、魔物の肉が美味いぞ……などと話している場合ではなかったな。すまないが、急いでくれないか。早く戻り、エリスという人物を呼んでこなければならぬ。ここに来る前に、いざとなったら呼んできてほしいとジョンが言っていたのだが……しかし、我は皆に近づくことはできても中には入れぬし、皆の者と会話することも出来ぬだろう。お前たちにその役目を頼みたいのだが』

そう言われて、ティアナとリゼットは改めて自分たちの置かれている状況を認識した。

そして、この魔物は危険ではないと判断し、慌てて背中によじ登り始めた。

感触は思った通りふかふかで、王都で手に入るどんな高級な毛皮でも勝負にならないと感じてしまうほどである。

ティアナの家は公爵家。王家を除けば最高位の貴族であり、経済的にも豊かで屋敷には数えきれないほどの高級品があるのだが、そんなティアナでもこの魔物の毛は感動するほどの触り心地なのだ。

ティアナとリゼットが背中に乗ったのを確認すると、魔物は立ち上がった。

『では、走るぞ。しっかりと背中に掴《つか》まっておけ。振り落とされぬようにな』

ティアナとリゼットは、魔物の毛をがっしりと握った。

魔物は地面を蹴って走り出し、徐々に速度を上げていく。

初めは大したことないと思っていたのだが、最後には疾風よりも早いのではないかと感じさせるくらいの速度になった。こんな状況でなければ、とても珍しい体験が出来たと喜ぶところである。

ふとティアナは先ほどの魔物の話を思い出し、口を開いた。

「さっきのおはなしですけど」

『……エリス、という人物を呼んでくるという話か？』

「ええ。おうけいたします。わたしも、あにとジョンを、たすけたいのです。そのためにひつようなことなら、なんでもひきうけますわ」

『それを聞いて安心したぞ。では、頼む。ジョンは――我が友なのだ。何が何でも助けなければならん』

そう重く言って、魔物は道を急いだ。

◆◇◆◇◆

魔法学院生たちが兵士に案内されて行った場所には、驚くべき光景が広がっていた。

砦から魔の森に続く道に出たのだが、そこには十数人の兵士が槍や剣を手に円形に陣を作って構えていたのだ。

円の中心には巨大な魔物がいた。

その魔物の前には二人の女性が立っていて、そこから少し離れたところに、エリスが魔力の籠った大剣を構えて立っていた。

「……ユスタ⁉」

カレンがそう叫ぶと同時に、エリスがカレンの方を振り向いて怒鳴った。

「来たか、あんたたち！　それと、カレン！　あんた、今なにか言ったね⁉　説明するんだ‼」

状況は今ひとつつかめなかったが、しかし兵士たちが囲んでいる魔物に、タロス村出身の魔法学院生は皆見覚えがある。

あの森の精霊樹の虚《うろ》に棲んでいる、クリスタルウルフのユスタ。

なぜこんなところにいるのか、どうして女性二人がその前に立っているのか、と色々聞きたいことはあったが、とりあえず今最も重要なのは、兵士たちのユスタに対する警戒を解くことだ。

そのためには、エリスに事情を説明するのが早い。

カレンは瞬時にそう判断して、エリスに言った。

「あの魔物はクリスタルウルフのユスタです！　私たち、タロス村出身の魔法学院生の知り合いで……何もしなければ絶対に私たちに危害を加えることはありません！　このことは、アレンおじさんもご存知です！」

途中までは胡散《うさん》臭そうに聞いていたエリスだが、アレンの名前が出てきた瞬間に一変した。

「なにぃ⁉　アレンも知っているのかい？　となると……嘘ではないようだ。あんたたち！　武器を下ろしな！」

その決断は早計にも感じられたが、エリスはたとえ兵士たちが構えを解いても自分なら対応できるという自信があるのだろう。

しかし、兵士たちには動揺が広がる。

「な、正気ですか!?」

口々に声があがるが、エリスは取り合わずに言う。

「何かあったら私が責任を取る！　あんたたちは早く武器を下ろして下がるんだ！」

兵士たちはしぶしぶと下がり、エリスを前面に残して砦の壁まで戻った。

エリスは、ユスタの前に立っている二人の女性に話しかける。

「……で、あんたたちの言う通り、この魔物は危険でないことが一応分かった。それで、さっき言ってたことは本当かい？」

その言葉に答えたのは、女性のうちの一人、七歳ほどの少女であった。

「ほんとうですわ！　ジョンとおにいさまが、あぶないのです！　りゅうにおそわれていて……はやくたすけに！」

舌足らずだがはっきりと通る声で、ゆるぎないものを感じさせる。

少女の切迫した言葉を聞いて、エリスも、魔法学院生たちも驚いた。

魔の森に行ったというだけでなく、さらに竜に襲われているなど、状況が悪いにも程がある。

少女はひたすら早く助けてと繰り返した。隣にいたメイド風の女性も、少女の話は事実だと主張し、さらにはユスタも声を出した。

『――人の戦士よ。そろそろ決断をしてくれまいか。このままではジョンが危険なのだ。お前が行かないと言うのであれば、我は一人で助けに向かう』

エリスは目の前の魔物が言葉を発したことに驚き、呆然とする。

しかし、それでも歴戦の戦士らしくすぐに立ち直った。

「あんたたちの言うことを信じる！　魔物！　私をその場所まで案内しな！」

そう叫ぶエリスに、ユスタは答える。

『分かった。それと……我にはユスタという名前があるのだ。魔物扱いするな』

随分と人間染みたことを言うので、エリスは怪訝《けげん》な顔になった。

「……魔物に対する常識が崩れていくよ。分かった、ユスタ。頼むよ」

そう言って走り出したのだが、ユスタに声をかけられた。

『乗れ、人間！　人の足より我の方が早い！』

エリスは一瞬戸惑うも、すぐに頷く。

「お言葉に甘えるよ！」

そう叫んで、ユスタの背に飛び乗り、去っていったのだった。


残された兵士とユスタを知らないノールたちはあまりの展開に口をぱくぱくとさせている。

「……ジョンもおにいさまも、だいじょうぶでしょうか……」

ティアナがそう呟いたので、テッドが彼女に言った。

「ユスタは凄く強い魔物なんだ。魔剣士のアレン・セリアスと互角に戦えるくらいな。それにエリスも、そのアレンさんと同じくらい強い。彼らが助けに行ったんだから、きっと間違いないぜ……」

もしかしたら、それは願望だったのかもしれない。

しかし、同時に本心でもあった。

テッドの人生において、強さという意味で上位にいる三人――アレン、エリス、ユスタ。そのうちの二人……というか、一人と一匹が、助けに行ったのだ。彼らが助けられないのなら、他の誰にできるというのか。

そういう思いがあった。

ティアナはテッドを少し見つめて、不安を振り払うように力強く頷いた。

「そう、ですわね……きっと、みなさん、げんきにもどってきますわよね！」

そう明るく言ったのだった。

◆◇◆◇◆

疾風のように走る魔物、ユスタの背中から、エリスが聞く。

「ユスタ！　あんた、どのくらい戦える⁉」

『どのくらい、と言われても何とも言えんが……あぁ、アレンとはしばらく本気で戦ったことがあるぞ。まぁ、最終的には負けてしまったのだが……』

「……アレンと本気で。なるほど、戦力として期待しても良さそうだね！」

その上から目線の台詞は、ユスタの気に障《さわ》ったらしい。

『随分な言い方だが、お前こそどれくらい強いと言うのだ？』

「私かい？　私はそのアレンに昔、勝ったよ」

エリスがこともなげに言ったので、ユスタはなるほどと頷いた。

『それならその自信も納得できる……あれほどの強者は我ら魔物の中にも中々いないからな』

「そうなのかい？　ま、お互いに戦えることが分かったんだ。あとは、助けるだけさ」

『……そうだな。あとは助けるだけだ』

交わした言葉はそれほど多くなかったが、互いにジョンを、それにケルケイロを助けたいという気持ちに違いはない。

それが分かって満足したユスタは、さらに足を速めたのだった。

第25話　守る

竜との距離は縮まりはしなかったが、同時に遠ざかりもしなかった。

いつまでも続く追いかけっこ。

敗北したときには、死が待っている。

しかし、この調子で距離を維持していられるのなら、どうにかなりそうな気がした。

いずれエリスが来るだろう。そうでなくともユスタは来るはずだ。

俺たちが走るよりもずっと速いユスタの背に乗れば、逃げ切ることも可能になる。

——今の竜が、手加減をして追いかけてきているわけでないなら。

こと竜に限っては、この想像が間違いとは言い切れない。しかし、それが外れていることを祈るしかない。

いつまでも竜との追いかけっこが続くのは遠慮したいし、出来ることなら今すぐにでもおしまいにしたいところだが……

そんなことを考えていたときのことだ。

まだしばらく膠着状態が続くだろうと思っていたのだが、それは甘すぎる考えだったらしい。

ふと後ろを振り向いたとき、そこに急激な魔力の高まりを感じた俺は肌が粟立った。

「……まずい！」

「ど、どうしたんだ!?」

俺の叫び声にケルケイロが尋ねてきた。

俺は走りながら答える。

「吐息《ブレス》！」

「吐息《ブレス》って、竜の最大の攻撃って言われてる、あれか⁉」

「そう、それだ！」

そんな会話をしている間に、竜の首元に巨大な魔力が集約し、そして光り輝き始めた。

実際に竜が吐息《ブレス》を使うのを見たことは、前世でもなかった。

そんなものを使わずとも竜は強いし、それを使えば相手が跡形もなく消滅することを竜は知っている。奴らが人を追うのは食べるためだから吐息《ブレス》で消滅させては意味がないし、吐息《ブレス》など、余程の場合――たとえば、大勢の敵に囲まれて竜が危機に陥っている場合など――でない限り、使ってこないものと思っていた。

しかし、どうやらそういうわけではないらしい。

竜は完全に俺たちに吐息《ブレス》を放つつもりだ。

距離は大分離れているが、過去の知識に照らせば十分に吐息《ブレス》の射程範囲内。

あれの恐ろしいところは、遠ざかれば遠ざかるほど拡散することであり、この位置だと逃げきれない間合いである。

あえて竜との距離を縮めて避けやすくするという戦法もあるのだが、ケルケイロと一緒に竜に近づいて避け、またその後に逃走し始めるとなると厳しいものがあるだろう。

それに、近づいていったら、爪や牙の餌食《えじき》にもなりかねない。

「どうするんだ⁉　ジョン」
「……方法なんてもはや一つしかないんだ。ケルケイロ！　覚悟を決めるぞ！」
「あぁ⁉」
ケルケイロには意味が分からない台詞だろう。
それも当然だ。
俺は何も説明していない。
する暇もない。
ただ、やるべきことをやる。
それしかなかった。
俺は走りながらナコルル式魔法を使うべく、魔力を練り上げる。
今の時点で体に残っている魔力は最大の半分程度だった。
そのほとんど全てを使わなければ、おそらく切り抜けるのは無理だろう。
走るためにも多少は魔力を残しておく必要があるから、ぎりぎりの勝負になる。
そして、竜が口を開いたのが見えた。
――カッ！
その喉の奥が光り輝き、吐息《ブレス》が放たれる。
光の奔流が俺とケルケイロに思い切り襲い掛かった。

しかし、俺はケルケイロを後ろに庇い、それからこちらに向かってくる光の奔流に対して垂直に魔法を使った。

それは、ナコルル式魔法における、防御の基本。

無属性魔法、「結界《オビス》」である。

旧式魔法のように属性を付与して壁を作る方法では魔力が大量に消費され、敵の攻撃を遮断するには非効率。そこでナコルル式では、ただ現象の遮断のみに魔力を使用する防御魔法が創られた。

旧式魔法よりも魔力効率がよくて長く持続でき、強度も遥かに高い。

それが果たして竜の吐息《ブレス》の直撃を防げるかどうかは、試したことがなかったので不安だった。

そして今、実際に竜の吐息《ブレス》が結界の透明な壁に命中する。

——壊れては、いない。何とか耐えているようだ。

これなら、なんとかなるのではないか。

そう思ったそのとき。

——ピキピキ。

音を立てて、透明な壁にひびが入っていく。

「ジョン！」

ケルケイロがそれを見て、叫び声を上げた。

「分かってる……くそっ！」

明らかに強度が足りない。

竜はまだ全ての魔力を使ってはいない。

おそらくこのままでは竜の吐息《ブレス》が全て吐き出される前に、結界は崩壊するだろう。

そうなれば、俺も、ケルケイロも死んでしまう。

それはどうしても避けなければならない。

打つ手がないわけではない。吐息《ブレス》は切り抜けられるだろうが……そこで力尽きる可能性が高い。

それでは困るのだ。

きつそうな顔をしている俺を見て、竜は一瞬嬉しそうな表情を浮かべた。

今か今かと待っているのだろう。俺が、耐えきれずに結界が破れる瞬間を。

竜はばさばさと、吐息《ブレス》を吐きながら俺たちの頭上まで近づいてきた。

斜め上から放たれてきた吐息《ブレス》は、まるで落雷のように降り注ぐ。

俺の結界もまた、それに合わせて場所をずらした。

空に向かって両手を伸ばし、俺は結界を張り続ける。

結界のひび割れが酷い。

俺たちの周りの地面は吐息《ブレス》で焼き尽くされ、陥没し始めている。

俺たちの立っているところだけ、一段高い。

そして地面にもみしみしとひびが入ったところで、俺は腹を括《くく》った。

こんなところで、死ぬわけにはいかないのだ。

出来ることはやろう、と。

「ケルケイロ！」

「なんだよ！」

俺は正直な状況を告げる。

「このままだと結界を維持しきれない！　だから俺はこれから持ってる魔力を全部結界に突っ込む！」

「……そうすると、どうなるんだ⁉」

首を傾げたケルケイロに、端的に事実を言った。

「魔力が枯渇する！」

「つまり……」

不安そうな表情になったケルケイロに、続ける。

「俺は気絶する！　後は頼んだ！」

もうそれしかない、と思ってのことだった。

ケルケイロにかけた身体強化はまだ持続している。

結界に魔力を注ぎながら、ケルケイロにかけた身体強化をさらに強くする。

大して持たないだろうが、俺を抱えて多少の間は逃げることが出来るはずだ。

あとは、エリスとユスタが来ることに望みをかけるしかない。

そんなことをケルケイロに早口で説明した。

「お前……分かった！　あとは任せろ！」

彼は、そう言って頷いた。

そして、俺は宣言通り、魔力を注ぐ。限界まで。

徐々に意識が遠ざかっていくのを感じた。

しかし結界のひび割れは直っていき、当初の強固なものへと戻っていく。

このまま気絶できたら楽なのだが、吐息《ブレス》が止むまではそうもいかない。

気力で結界を維持し続け、そしてふっと吐息《ブレス》が途切れたのを確認して、俺の意識は沈んだ。

◆◇◆◇◆

ケルケイロは砦に来てから驚きっぱなしだった。

おかしな平民に会ったかと思えば、彼には似たような友人がたくさんいて、その全員が自分の友人になってしまった。

また、そのおかしな平民はするりと懐に入り込んできて、なぜか不思議と彼と話すと心地よかった。

まるで、昔からケルケイロのことをよく知っているかのような、そんな雰囲気を感じさせるのだ。

彼はケルケイロが心地よいと感じることを自然に行った。今までずっとそうしてきたかのように。

そんな彼と親しくなったのは当然のことで、短い付き合いではあるが、気の置けない友人、というものになれたと思った。

そんな矢先だ。

妹がこの砦に来ていて、森で行方不明になっていると知ったのは。

ケルケイロは、非常に驚いた。

その上、おかしな平民——ジョンは妹が砦にいることを知っていたと言う。

なぜ言わなかったのかと詰め寄り、ケルケイロはその場を後にして森に入った。

ジョンにひどいことを言ったと思ったし、もう二度と謝れないかもしれないと思ったら悲しくなったが、後悔しても仕方がない。

覚悟を決めて森の中を探していると妹たちを発見し、竜に出くわした。

話でしか聞いたことのない、最強の魔物。信じられない運の悪さだと絶望した。

妹たちを逃がし、自分はここで死ぬのだと諦めた瞬間。ジョンがやってきて、命を救ってくれた。

聞いたことのない不思議な魔法で身体強化がかけられると、信じられないほど体が軽くなった。

これなら竜からも逃げられるかもしれない。

けれど、その思いが間違いだと分かったのは、竜が吐息《ブレス》を放ったときだ。

話に聞く、竜の恐るべき武器。

今度こそ終わりかもしれないと思ったが、ジョンはまたもや、不思議な魔法で防御した。

たった一人の魔術師にどうにかできるものではないはずなのに、彼はやったのだ。

しかし、魔力を使い切ったジョンは気絶し、気づいたら竜の吐息《ブレス》は消えていた。

信じられない、まさに驚くしかないことだった。

そして、はっとする。

自分は託されたのだ。すぐにジョンを抱えて逃げなければ。

即座にジョンを抱えて、走り出そうとしたそのとき——

まだお前は驚き足りないと神が言っているのか、その瞬間、地面が崩れ落ちたのだ。

周囲が妙に陥没しているとは思ってはいたのだが、どうやらもともと地盤が緩かったらしい。

そこに竜の吐息《ブレス》による衝撃が加えられ、底が抜けてしまった。

ジョンを抱えることはできたので、深い地の底に落下したとしても、自分が衝撃を吸収すれば、彼の命は助けられるだろう。

ここで竜が急降下して襲い掛かってきたら終わりなのだが、不思議なことに、竜は陥没した地面に落ちていくケルケイロとジョンを一瞬見ると、何かに驚いたかのように飛び去っていく。

——逃げた？

それが真実かどうかは分からないが、ケルケイロにはそう感じられた。

助かった、という思いと、いや、このまま落下したら死ぬ、という二つの矛盾した思いが交錯する。

どうすればいいのかまるで分からなかったが、しかし、ジョンだけは助けようと心の底から思った。

こいつがいなければ、自分は竜に無惨に殺されていただろうから。

竜から逃げ切ったという一種の達成感と、友人の命を守る盾になるという誇りを胸に死ねるのなら、これほどいいことはないだろう。

だから、これでいい——

そう思いながら、ケルケイロはジョンと共に地の底へと落ちていく。

ぽっかりと空いた、深い穴へと。

◆◇◆◇◆

「……こまったね。これは……」

二人の少年が、暗い闇の中で倒れ込んでいる。

一人は致命傷を負っていて、もう一人は軽傷だが完全に意識を失っている。

そんな二人を見下ろしているのは空中に浮かぶ奇妙な少女。

ジョンが彼女を見たら、こういうだろう。

——ファレーナ、お前なんで出てきてる？　と。

「りゅうのけはいをかんじたから、そろそろとおもったんだけどなぁ……おそかったみたいだ……このままじゃ、ふたりともしんでしまう……」

つんつんと、倒れているケルケイロとジョンを突っつくファレーナ。

しばらく宙を浮きながら考えていた彼女であるが、ふぅ、とため息をついた。

「しかたない……ふたりとも、たすけよう……」

そう言って、何かを念じ始める。

すると、彼女の手から黒い靄《もや》のようなものが噴き出てきて、二人の体を包んだ。

「やっぱり……すこしちからがたりないな。それに、もうじかんもなくなってしまった……」

愚痴るようにそう言った。

彼女の視線の先にいる二人の怪我は、いつの間にか良くなっている。

とはいっても、ケルケイロの致命傷は重傷になったくらいであり、ジョンの怪我は完治したものの魔力は枯渇したままである。

ファレーナはジョンの耳元に近づき、呟く。

「ジョン……ぼくがここまでしたんだ。きたいにこたえて、りゅうをたおしてほしいな……きげんは、あといっしゅうかんだよ……おねがいだ……ジョン……」

聞こえているのかいないのか。

それは分からない。

しかしファレーナは頷き、それからジョンの懐から「皿」を取り出した。

そして、ケルケイロの耳元に近づき囁《ささや》く。

「……ケルケイロ……きみにも、きたいしてるよ……」

彼女はケルケイロの手に「皿」を握らせた。

「じゃあ、ふたりとも、またね……」

そうして、ファレーナはその姿を黒い靄《もや》に変えていく。

靄《もや》は徐々に薄まっていき、最後にはジョンの口の中に吸い込まれるようにして消えた。

◆◇◆◇◆

そういうわけで、俺とケルケイロは竜の執拗な追跡により地の底へと落されてしまった。

魔の森の、地下にである。

魔の森の地下に何があるのか、それを確かめた者は前世においても存在しなかった。

ただでさえ、危険な場所であると、深入りすればどんな強者でも帰って来られないと言われていた魔の森。

その地下に何があるかなど、当たり前のことながら、誰も調べようとは思わなかったのだ。

しかし俺たちは必要に迫られて、それを知ることになる。

Re:Monster
リ・モンスター 1~6 外伝
金斬児狐
Kanekiru Kogitsune
シリーズ累計 23万部突破!
ネットで話題沸騰!
怪物転生ファンタジー
転生したのはまさかの
最弱ゴブリン!?
怪物だらけの異世界で、壮絶な
下克上サバイバルが始まる
ストーカーに刺され、目覚めると最弱ゴブリンに転生していたゴブ朗。喰えば喰うほど強くなる【吸喰能力《アブソープション》】で異常な進化を遂げ、あっという間にゴブリン・コミュニティのトップに君臨—— さまざまな強者が跋扈する弱肉強食の異世界で、有能な部下や仲間達とともに壮絶な下克上サバイバルが始まる!
■各定価：本体1200円+税
■illustration：ヤマーダ
待望のコミカライズ! いよいよ刊行!
■漫画：小早川ハルヨシ
■定価：本体680円+税
アルファポリスHPにて大好評連載中!
アルファポリス 漫画
検索

三十五歳の誕生日を目前に死んでしまった男、一葉楓《いちようかえで》。彼は、神様のはからいで、少し若返った状態で異世界に転生する。しかし、知識やお金など、異世界で生きていくのに必要なものは何も持っていなかった。そんなとき、たまたま出会った正統派美少女のアメリアが、隣国のダンジョンにもぐり、モンスター退治をして生計を立てるつもりだと知る。カエデは、生活費を稼ぐため、そしてほのかな恋心のため、彼女とともに旅に出ることにした――

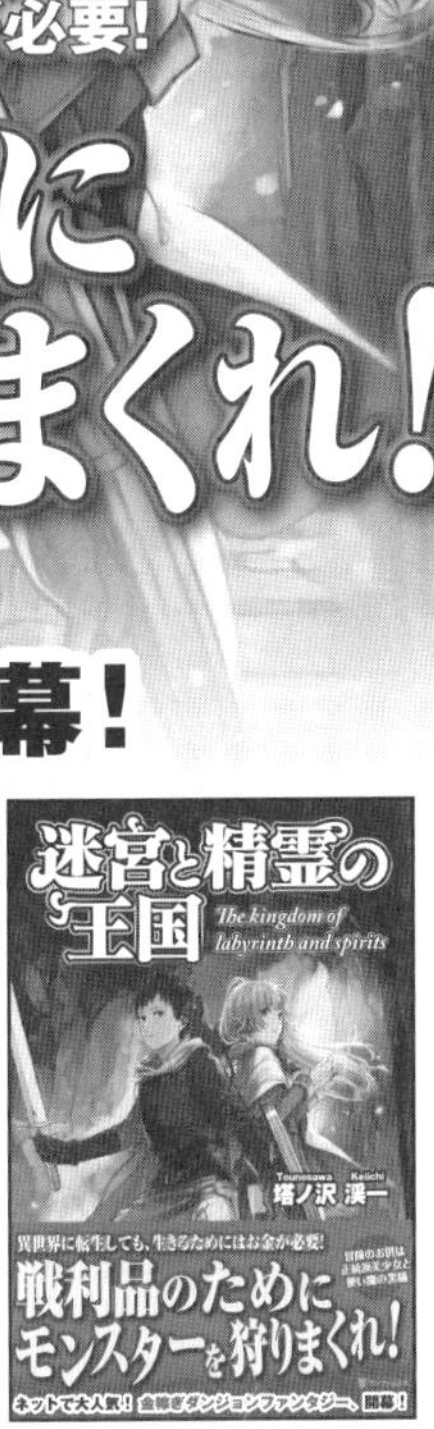

illustration：浅見

定価：本体1200円+税　ISBN：978-4-434-20355-8

異色のサムライ転生ファンタジー開幕！

ある日、平凡な高校生・稜威《いづ》高志《たかし》が目を覚ますと、VRMMO『アルゲートオンライン』の世界に、「侍」として転生していた。現代日本での退屈な生活に未練がない彼は、ゲームの知識を活かして異世界を遊び尽くそうと心に誓う。名刀で無双し、未知の魔法も開発！　果ては特許ビジネスで億万長者に――!?　チート侍、今日も異世界ライフを満喫中！

illustration : Genyaky

定価：本体 1200 円+税　ISBN：978-4-434-20346-6

丘野 優（おかの ゆう）
宮城在住。2012年からWeb上で小説を公開し始め、徐々に人気を得る。2014年に「平兵士は過去を夢見る」で出版デビュー。

イラスト：久杉トク
http://loosedense.web.fc2.com/

本書は、「小説家になろう」（http://syosetu.com/）に掲載されていたものを、改稿のうえ書籍化したものです。

平兵士《ひらへいし》は過去《かこ》を夢見《ゆめみ》る3

丘野 優

2015年 3月 3日初版発行

編集－篠木歩・太田鉄平
編集長－塙綾子
発行者－梶本雄介
発行所－株式会社アルファポリス
〒150-6005 東京都渋谷区恵比寿4-20-3 恵比寿ｶﾞｰﾃﾞﾝﾌﾟﾚｲｽﾀﾜｰ5F
TEL 03-6277-1601（営業）03-6277-1602（編集）
URL http://www.alphapolis.co.jp/
発売元－株式会社星雲社
〒112-0012東京都文京区大塚3-21-10
TEL 03-3947-1021
装丁・本文イラスト－久杉トク
装丁デザイン－ansyyqdesign
印刷－株式会社廣済堂

価格はカバーに表示されてあります。
落丁乱丁の場合はアルファポリスまでご連絡ください。
送料は小社負担でお取り替えします。

ISBN978-4-434-20342-8 C0093